在华一年

苏联电影记者笔记
（1938—1939）

［苏］罗曼·卡尔曼/著

李　辉/译

人民出版社

原书扉页文字

作者谨以此书献给英雄的中国人民!

Героическому китайскому народу посвящает
эту книгу автор

1939 年毛泽东在延安

陕北农民停下来跟毛泽东聊他们的一些事情

延安大学生在山顶上开垦和种植

中国青年爱国者从四面八方向陕甘宁边区汇集

大学、学院、医院、宾馆、作坊、俱乐部、宿舍，以及政府机关都坐落在延安
山上的几百孔窑洞里

卡尔曼在战斗现场拍摄

《在华一年》俄文版封面

出 版 说 明

　　《在华一年》俄文版 1941 年 5 月由苏联作家出版社出版，是国际上难得的记述抗日战争全面爆发初期中国军民奋起抵抗侵略的重要书籍，本书系该书首个中文版。

　　作者罗曼·卡尔曼是苏联著名的新闻电影摄影师和导演，奉苏联政府之命于 1938 年 9 月至 1939 年 9 月在中国报道抗战。他亲临抗日战争最前线，经历了"武汉保卫战"、"重庆大轰炸"、"长沙大火"等重大历史事件，目睹并生动记录了中国军民浴血奋战、顽强抗敌的悲壮场面，真实描述了这一时期中国西北、西南与中南部地区人民的社会生活。尤为可贵的是，他赴"中国特区"（即陕甘宁边区）近一个月，采访了毛泽东等中共领袖，拍摄了大量反映毛泽东工作和生活的珍贵影像和照片，真实记录了边区人民的战斗生活，勾勒出了中国共产党坚持抗日民族统一战线、为争取民族解放英勇奋斗的生动画卷。书中收有作者本人拍摄的照片 30 余幅，多数为中国读者所未见。书中还收录有侵华日军印制的"绝密"作战行动计划和使用毒气规则、家信和日记摘抄等珍贵资料。

　　本书史料价值极强，为今天深入研究抗战和中国革命史提供了珍贵的第一手资料。今年是世界反法西斯战争暨中国人民抗日战争胜利 75 周年，在这个重大纪念日即将到来之际出版此书，意义更显非凡。

　　感谢本书译者、曾任中国驻俄罗斯大使达 10 年之久的资深外交官李辉，在其甫离任半载就为我们译出了本书中文版。感谢本书作者罗曼·卡尔曼，他为记录这段非凡历史做出了杰出而独特的贡献。81

年前他离开延安时曾说，希望有朝一日，胜利的中国人民会在复兴的国家档案中找出这些影片来……这里可以告慰他，不仅我们今天的国家档案里能找到这些珍贵的影片，他的书也将出版中文版，且两者都将广为流传；更重要的是，如他所愿，胜利的中国人民正前所未有地接近实现中华民族伟大复兴的目标。

人民出版社
二〇二〇年八月

目　录

译者的话

罗曼·卡尔曼是苏联著名的电影摄影师和新闻电影导演。他1936 年至 1937 年作为战地摄影记者进入西班牙拍摄内战，1937 年 8 月从西班牙回国后，1938 年 9 月又以苏联《消息报》特派摄影记者和苏联中央新闻电影制片厂摄影师身份来华，报道中国人民的抗日战争，1939 年 9 月回国。他此次来华是受斯大林和苏联政府的委派，肩负着特殊使命。

1937 年夏，日本发动全面侵华战争，不仅给中华民族带来深重灾难，也使中国的邻国苏联深感不安。德国纳粹党上台后，与日本军国主义集团勾结日益紧密，苏联已明显感觉到纳粹德国在西线对苏联构成潜在威胁。中国抗战全面爆发后，苏联又感觉到日本军国主义在东线对其国家安全的现实威胁，特别是日本在全面侵华后还觊觎着苏联西伯利亚地区。在这种形势下，苏联与中国政府于 1937 年 8 月21 日签订了《中苏互不侵犯条约》，据此，苏联开始大规模援助中国抗战。苏联政府派遣"志愿航空队"前来中国直接参战，其飞行员80% 都参加过西班牙内战。自 1937 年 11 月至 1939 年年底，苏联共向中国派遣 1200 余名空军飞行员，其中 221 名在中国对日作战中牺牲，还向中国出售军用飞机 1235 架。

正是在这样的大背景下，苏联政府派卡尔曼来华，通过拍摄新闻纪录影片，向苏联人民和国际社会展现中国人民同仇敌忾、全民参战，英勇抗击日本侵略者的英勇事迹和顽强精神，并向国际社会宣告中国人民一定能赢得战争的最后胜利。卡尔曼不辱使命，于 1939

年分别制作了两部纪实电影《战斗中的中国》、《中国特区（延安）》，第三部纪录片《在中国》也于 1941 年 6 月制作完成，刚放映一次便爆发了苏联伟大卫国战争。卡尔曼还有一项使命，那就是宣传和展示在抗战中的国共两党合作，以及抗日民族统一战线所发挥的巨大作用。

卡尔曼是一个政治敏锐性、政治意识很强的新闻记者。在《在华一年》一书中，他把访问陕甘宁边区情况、与共产党人和八路军官兵的交往都浓墨重彩地加以描写，带着同志式的感情向外界介绍。他从中国返回苏联后不久加入了联共（布）。

本书中的个别章节，卡尔曼将其作为战地通讯在苏联《消息报》上刊登报道过。全书于 1941 年初完成。1941 年 5 月底 6 月初，苏联作家出版社出版了此书，但书刚一问世，即赶上苏联伟大卫国战争爆发，故对此书的内容知道者甚少，未能引起广泛关注。实际上，此书是一部具有较大史料价值、历史价值的纪实作品，连同他在中国拍摄的一万多米长的电影胶片，都是记述中国抗战的珍贵文献。在即将隆重纪念抗战胜利 75 周年之际，我们尤其感谢卡尔曼为中国人民所作出的独特贡献。

李辉

二〇二〇年四月

第一章　在长城的上空

　　朝阳把远方白雪覆盖的山峦染成淡淡玫瑰色。在这架大飞机的宽阔翅膀下，驾驶员帮我理顺缠绕在我肩上、胸前、臀部复杂的降落伞绳索结构。机械师冒着清晨严寒，从发动机和螺旋桨上摘下防水罩。

　　我把装有胶片和摄像机的手提箱轻轻放下后，走下舷梯。还可以有几分钟在可爱的苏维埃土地上再站一会儿。我与一个头戴绿色大盖帽的人握了握手，在草地上把烟头踩灭，顶着螺旋桨吹起的飓风，躬身钻进机舱内。

　　飞机在机场上空盘旋一圈以示告别，然后向东飞去。它迎着冉冉升起的太阳，不断攀高。

　　很快我们就升到与右侧冰雪覆盖的山顶一样的高度。大片的棉花种植场、被一条条银色灌溉渠分割成块的大片绿色果园都已经在我们身后了。有时使人感到，飞机的翅膀就紧贴着坚冰覆盖的山巅。而下面朝东方向则展现出一望无际的灰色地带，那是沙漠平原、丘陵和山岩。

温度计的水银柱不断在下滑，已经达到零下12摄氏度，前面还有一道道高高的山口，飞机继续不断攀升高度。

这是连接两个伟大国家——苏联和中国固定邮政客运航线中最早开辟的一个不定期航班。

首批富有经验、勘察性的航班探明了这条最复杂的航线，它绵延于中国新疆一望无际的高山和沙漠之上。

苏联和中国的边界线——一条小河呈蛇形状在机身下一闪而过。在一个山包脚下，从空中刚能看到有一座边防哨所的小房子。

飞机慢慢地摇晃了几下翅膀，向这座小木房子，也向绵延西去的丘陵致以离别敬意，向我们即将离开的伟大祖国致以离别敬意。

飞机在沙漠中一座座灰色的山包上空飞行。这已进入东方大国中国境内。中国濒临大洋、河流纵横、山脉绵延，国土广袤，横贯从法国占领下的印度支那热带雨林到蒙古的沙漠，从太平洋到难以攻克的堡垒西藏高原。

我们苏联人对伟大、友好的中国人民深怀好感，因为他们为自己的独立进行着英勇斗争。实际上，我们对这个国家，对它的文化、地理和它的人民都了解甚少。在我们每天读到的中国战场军事信息中，一般都汇集和描绘着一些人名、陌生的城市、山脉、省份、河流……

现在，当飞机的影子映射在毫无生机、山石嶙嶙的丘陵时，我的思绪飞向中国近代民主革命策源地、炎热的广东，也飞向南京，它是一座古城，庙宇林立，绿荫环绕，石头台阶一直伸向水塘，全城被荷叶组成的绿毯所笼罩。我的思绪也飞向古城西安。它是中国第一个首都①，专制的秦朝皇帝正是在那里统治全国。

---

① 原文如此。西安属于中国第一个统一皇朝秦都咸阳的一部分。——译者注

我们飞越了长城上空。长城总共有几千公里长。它已经屹立了几十个世纪。从飞机上眺望，长城像一根细线，在一望无际的戈壁上几乎看不见。

我们降低飞行高度，以便看一看长城。在有些地段，长城保存得很好，但在有的地方，沙漠的疾风、千年的岁月磨平了它的棱角，使它失去作为军事要塞的作用。这样，长城几乎干脆变成了一堵墙，从空中看，只有通过太阳斜射光线照出的墙影才能发现它。

已经飞了几个小时，我们的下面就是甘肃省。

有时能看到一些中国的小村庄，它们之间相距遥远。每个村庄旁边的丘陵上，开垦的农田方方正正，清晰可见。在田间里劳作的人远看就是一个小黑点，但都一动不动。显然，他们在眺望着飞机。

驾驶员戴着皮手套按地图操纵着飞机，并指了指用蓝铅笔画的一个圆圈。这就是兰州。它是甘肃省的主要城市。要在这里降落过夜。驾驶员把我的头拉过来，冲着我的耳朵喊着："我们现在降落！"

在机翼下面，在黄河一个大的拐弯处，坐落在平原上的兰州出现了。飞机开始降落。

我们在一片漆黑的一条大街徒步而行，用一个小手电筒给自己照路。前面和我身旁都闪烁着这种手电筒的光亮。

晚上，当白天的热浪消退之后，从山那边吹来沁人心肺的凉爽，城里的居民，不管是做买卖的，还是务工的，都走上大街。

在店铺敞开的门上面，挂着纸灯笼。在那些小作坊、便宜的理发店、售卖家用洋铁日常用具、做鞋的、出售丝绸制品、服饰用品的店铺里也都挂着这样的灯笼。

在皮毛店铺里，挂着非常松软的豹皮、雪豹皮、猞猁皮。

在一个药店里，灯笼昏暗地照着四周的架子，上面放着瓷器和玻璃用具，里边装满了去掉根部的作物、干草、药面和藏医草药。一个戴着铜花边框眼镜的老头在油灯下的钵缸里捣着什么。

　　商人带着自己的客户坐在店铺旁边的凳子上，默默地品着倒在小茶碗里的茶。商人穿着深色的丝绸大衣，戴着黑色的镶着球珠的圆帽子。

　　苦力①们抬着放在有弹性竹子扁担上的一包包东西健步如飞。

　　黄包车夫们飞快地奔跑着，车上的铜铃当当作响。绑在四轮马车上的灯笼，左右摇晃，照着赤裸上身黄包车夫的脊背，照着一个闷不作声官员乘客的脸。这是一个干瘦的老头，穿着灰色大衣。车上还有一位戴眼镜的女人，她也许是一个贫困艺人。或明或暗的灯光随着车轮的转动照射着。在黄包车夫快速的奔跑中，你听不到任何声响。四轮马车行走时也毫无声音，在狭窄的马路上拐来拐去。

　　在小铺子里，所有的食物都在煤火上烧烤，发出滋滋的声响。疲惫不堪的苦力就在这儿蹲下来，默默地吃一碗烟熏火燎的面条，上面洒上褐色的酱油。然后，就长时间地在那黑黑的长满老茧的手里数着挣来的铜板。

　　观察着苦难的黄包车夫，倾听别人洪亮的谈话声，你会对这个第一次向你敞开大门的世界感到一种莫名的惊奇和不解。

　　在一个巨大的，类似于莫斯科马涅什②大厅那样的电影院里，人们坐在木凳上喝茶和热闹地聊天。在凳子中间，孩子们窜来窜去。他们给大家分发热气腾腾的毛巾、西瓜、香烟、茶水。为了更快地达成买卖交易，他们大喊大叫，压过扬声器发出的嘶哑声音。

　　在银屏上，中国的美男子穿着燕尾服，乘坐豪华轿车出行；失望的上海电影明星身着欧式、袒胸露背的银丝裙子，跳起狐步舞，用子弹上了膛的左轮手枪向自己的情夫射击；在豪华客厅里的女士愁容满

---

① 欧洲国家把出卖力气干重活的工人叫作苦力。——译者注

② 马涅什大厅位于莫斯科红场旁边，原是沙皇的马厩，苏联时期改为艺术展览馆至今。——译者注

面，在一群文雅的欧洲人怀抱中得到安宁。

电影院里闷热。看完这部《穿燕尾服的中国》电影之后，想再去小街道上逛逛，看看那里的纸灯笼。

在高高的石头城墙外面，一片寂静，无人行走。

月亮用那珍珠般的光点穿透了伟大的黄河河面。

在河面上一只夜鸟飞得很低，它那悠长的叫声连同那神奇的巨轮绞水车发出的吱吱声久久在耳边回响。

中国人发明了火药、造纸，修建了长城和造出这些轮子。这些巨轮绞水车结构并不复杂，但它是充满智慧的古代技术设施。

第二章　重庆—汉口

在重庆很难乘上飞往汉口的飞机。人们每天都到"中华航空公司"办事处去询问，那里的官员很愧疚地挥挥手告诉大家：日军飞机不停地在航线上巡航。航班飞机在接到防空警报后，一路上要降落几次，有时还得过夜。但是在所有的报纸上每天都大肆宣传这条航线如何舒适，国家感谢自己的飞行员为飞这条航线所表现出的英雄主义。

重庆是中国的战时首都。这是一个半欧洲式的城市，柏油马路、电影院、大商场散落在长江岸边的山坡上。汽车沿着重庆快速行驶能给人一种坐"美国过山车"的眩晕感觉。看着黄包车，心里很不好受。这些黄包车夫要把乘客慢慢地拉上山，吃力得脸都变了形，上面的乘客怎么舒服怎么坐着。在下一段街道，黄包车夫们以同样的艰辛拉着乘客下大陡坡。

这座不是很大的城市接纳着从东部撤退而来成千上万的人们、机关和厂家。政府机关挤在纵横交错、狭窄黑暗街道上的小房子办公，它们已经完全适应了。路灯只能照进小窗子里一点点，木头台阶吱吱作响。但是，在这些小屋子里，工作显然是有条不紊地开展着。彬彬有礼的邮电部和外交部主管官员们快捷地给你提供所需要的文件和材料，提出很多具体建议。

飞机已经接近超载了。它沿着水边滑翔了很长时间，川流而下的瀑布打湿飞机的舷窗。起飞之后，它在城市上空绕一大圈，略微升高之后，便固定了方向，飞往汉口。

几天前，我在完成西部几个省沙漠和山区旅行之后，乘一艘不大的轮船回到重庆。现在，看着清新、柔和、郁郁葱葱的小竹林，真是赏心悦目。

在四川省繁花似锦的长江两岸总共生活着 7000 万人。在这温柔的亚热带气候里，盛开着玉兰、荷花，还有众多鲜艳但叫不上名字的花卉。这里竹子很多，水源充沛，土地肥沃。农民们用最原始的农具耕种，谷物、水果收成都很好。而大地深处则埋藏着尚未开采的资源。

长江是一条很宽的大河，混浊的江水激流湍急，每前进一步都会遇到可怕的漩涡，因此，大量向上游行驶的船只都紧贴着岸边前行，那里水流缓慢一些。顺着这条主要大动脉，把全国贵重物品有计划、有步骤地向内地转移。大多数船只都靠人工牵引。几十个人背上套着纤绳，朝前躬身到几乎头着地，赤着脚沿江岸的石阶艰难前行。他们完全赤裸着，身上湿漉漉的，皮肤呈古铜色，身上隆起一块块肌肉。

飞机有时飞得几乎贴着水面，在两个陡峭的山墙间穿行。它宽大的机翼好像能碰到悬崖峭壁，峭壁上面有一尊金光闪闪的弥勒佛。

飞机里共有我们六位乘客。在我对面坐着一个英国人，他留着耶稣式的小胡子，身穿亚麻布外衣，肥大的短裤，露出一双毛茸茸的细长腿。他聚精会神地读一本杂志，里边满是笑容可掬的电影明星，他有时也放下杂志，沮丧地望着窗外。

坐在我侧面的两位中年将军在昏昏欲睡。坐在他们对面的是两位中国女人。她们穿着紧身丝绸旗袍，旗袍是硬领的，都贴到了耳唇。其中一位姑娘稍年轻些，看得出，她自我感觉良好，兴致勃勃地环顾四周。另外一位年纪大些，是位胖妇人，飞机在空中颠簸时，她一动不动，难受地等待着晕机的最初反应。

飞行五个小时之后，我们看到长江渐渐宽阔，汇进一望无际的大湖里，湖中露出树梢，还有小岛屿似的村庄。而当血红色太阳照射在闪闪发光的水面上时，汉口在机身下出现了。

首先映入眼帘的是几十面各民族的旗帜，在高高的旗杆上迎风飘扬。这些旗帜是在高屋顶上画就的。这些旗帜和标识在呼唤日军飞行员的良知：他们不必向距这些旗帜不远的地方投掷炸弹，因为在那里灰色的房顶下，栖息着中国的穷人，他们衣不遮体。

长江边上共有三个城市，即汉口、武昌、汉阳，统称为武汉。汉口完全是一座欧化的城市。宽敞的沿江大道上矗立着银行的高楼大厦；衣冠整洁的警察站在岗台上指挥川流不息的黄包车和汽车行驶。基本的交通工具（运客和运货的）是黄包车和脚夫。脚夫们哼着节奏单调的小曲儿，搬运着厨具、铁管、一箱箱的威士忌酒、棉花包。总之，一辆小卡车能装运的，他们都能运。

市中心有法国的租界地。

我至今搞不清楚怎样看待外国在中国的租界地。在这座欧化的中国大城市的市中心大街，沥青路面上挖出一些深坑，里面埋着又高又粗的尖桩，尖桩之间拉着带刺的铁丝，把偌大的租界地围了起来。要进入租界地，必须经过厚重的大门。大门由坚固的机枪掩体严密防守着。

根据过去签订的苛刻条约，用铁丝围起来的租界地不属于中国。

汉口的法国租界（一）

汉口的法国租界（二）

这简直野蛮无理，令人难以置信。在铁丝围起来的那个地方已经不是中国，比方说，已经是英国或者是法国了，那里实施法国的法律，有法国的警察、法院。

现在是战争时期，在中国所禁止的东西，比如娱乐场所、舞厅，在租界地办得红红火火。

当汉口响起空袭警报时，人们从城市的四面八方涌向租界地。他们知道，炸弹是不会投向租界地内儿童和妇女的。在那时，可怕的景象令人心颤：警察在租界地大门口用警棍驱赶着奔跑的人群。妇女们手里抱着孩子穿过警察的防线，要闯进篱笆内，但是被赶出来。她们紧贴着带刺铁丝网默默地一坐就是几个小时，直到解除警报钟声响起。

在汉口有几个租界地：俄国的、日本的、英国的。人们给我指了指一个坐在黄包车上的老头。紧跟其后鱼贯而行的两个黄包车上端坐着他的妻子，一个发福的女人，还有两个孩子。这是前俄国驻汉口领事。十月革命后，他仍在行使领事的职责，统领一支白匪军杂牌队伍。这支队伍由小商贩、"吃软饭"的嫖客和妓女组成。现在他"转行"成了葡萄牙领事。

外国记者们每周三都要出席国民党中央执委会宣传部举行的新闻吹风会。军令部的代表在一张大地图旁详细介绍战场形势，记者们一边在本上记着，一边喝着茶。

对记者来说，消息的基本来源是宣传部的正式通报。记者们不上前线。在新闻吹风会坐上一至两个小时后，记者们便乘黄包车各回自己的旅店，以便用打字机敲出又一篇"战地"新闻。

在新闻发布会上，我认识了美国电影拍摄组。他们总共4个人。握手之后，他们冷冰冰地说"你怎么样"，然后用毫不掩饰的好奇眼光把我从头到脚打量一番。

他们是第一次见到来自苏联的电影拍摄同行。那个叫艾利克·麦尔的老头尤其冷淡。他是"福克斯·摩维通"公司①的代表。他眼睛看着别处，叼着烟斗，伸出两个手指。麦尔在新闻电影厂工作了25年，是公认的美国电影采访界"王子"之一。

"你们在拍摄什么呢？"我问了问这些同行。

"基本没拍什么，完全没有什么轰动性新闻。"

"你们常去前线吗？"

"不，我们不上前线，从中国人那儿很难得到拍摄军事行动的许可。"

我们在大街上分手，他们坐进了黄包车里，朝着太平路驶去。

……这些天我一直在做着外出的准备：要办理文件，结识一些人，准备拍摄电影的装备。我们要走遍全中国，为此，需要一部好车：既耐用，又便宜的好车。为这次出差，给我拨了400美元经费用于购买一部车。每天都有人向我建议购买各种形状的带篷四轮马车，外表看着很气派，但根本不符合我的买车要求：坚固耐用，发动机可靠性强，耗油量小，还有，价格便宜。

这些天，我必须努力地消化在汉口热情接待我的弗拉基米尔·罗果夫②同志为我做的辅助性工作。他是塔斯社驻中国特派记者，在中国工作了很多年，懂中文。罗果夫帮我结识了一些用得着的中国记者和作家，他帮助我办理手续，最后，还要帮我一个大忙：为我找一位高水平的翻译。

在军事委员会政治部，我认识了中国电影纪录片编辑小组。这次会见与上次同美国摄制小组会见完全不同。一些年轻充满活力、身着

---

① 福克斯·摩维通公司为国际著名的电影公司，1928年首次应用了有声电影，结束了电影无声历史。——译者注

② 罗果夫·弗拉基米尔·尼古拉耶维奇（1906—1989），苏联汉学家，1930—1934年在哈尔滨工作，1937年初再度来华，任塔斯社驻中国分社社长，后任驻华使馆文化参赞，新中国成立后，任苏中友协副主席。——译者注

军装的青年人围着我。我们热烈地交谈很久，相互通报自己的工作安排。后来，我们在华中、华南、华北战场最意想不到的地方见了面。

罗果夫招聘的塔斯社翻译从重庆飞来了。这是一个24岁的中国姑娘，是北平大学的学生。罗果夫推荐说，这是一个勇敢的、能吃苦耐劳的人。她几次上过前线，俄文很好。人们称她为张小姐①。我觉得初次见面必须向她讲明，我们面临的工作很繁重，还有很大的风险甚至牺牲。她平静地回答说："我知道苏联电影摄影师所做的工作对我的祖国是有利的，我要努力帮助你们，艰难的条件吓不倒我。我如果不是懂俄语的话，我早就像一个战士那样上前线了。"但接下来笑着补充说，"我们看谁更有毅力"。

罗果夫回重庆了。有他打下的底子，我已经慢慢开始熟悉周围的形势——新的、不寻常的、复杂的形势。

要想看看汉口现在样子的变化，不一定非要知道它在战前是个什么样子。在鱼贯而行的高档轿车中，有些车罩着绿色的装饰网或者涂抹着厚厚的一层黏土。城内经常有士兵队伍走过，军车队也不时穿行。很多街道的路口都用铁丝网拦着。在女子时装店的橱窗里，从透明的薄纱女短衫和女帽短面纱中，绿色防毒面具的大嘴巴伸了出来。日本军人挖空心思地让中国人觉得这套头部用品是时髦的东西。

在大街上，抗日宣传画、传单和标语非常少见。在汉口乃至全中国明显感觉到在老百姓中的群众政治工作欠缺。在同社会各阶层的人见面和交谈中体会到，人们心中积蓄着巨大的民众动力潜能，他们找不到用途和出路。这里几乎没举行过群众会议、集会和报告会。只是在中华民国国庆的10月10日，群众的战斗情绪才自发

---

① 张小姐即苏联塔斯社聘用的翻译张郁廉（1914—2010），是中国第一位女战地记者。——译者注

地宣泄出来。几千人走上街头，他们中有职员、工人、大学生、知识分子。人们成群结队地举着写满激昂口号的旗帜，整个城市水泄不通。

那些旗帜上写着："战斗到最后胜利！""解放战争万岁！""我们一定胜利！"在城内行进着一些演出团体，演员们装扮成日军俘虏和游击队员。有一个演出队表演了日军醉酒和污辱农民。人们借助火把的光亮，直到深夜还没从大街和广场离开。礼花发出各种颜色的火光冲向天空，插着旗帜的汽车在马路上飞驰。

日本人现在投入重兵向汉口突进。日军大本营已经几次明确汉口陷落的日期。在攻取武汉的战斗中，日军死、伤、病共达 30 万人。日军的很多师团在战斗中减员百分之三十至五十。不少日军的战舰在长江被中国江岸炮兵和空军击沉。中国军人的战斗力空前提高，他们捍卫着祖国的每一寸土地。

在军事行动中，日军广泛使用轰炸机和毒气弹。但是，在日军使用毒气武器进攻时，尽管没有防化装备，中国军队都没有撤离自己的阵地。在很多阵地上，中国军队从顽强抵抗转入反攻，给敌人以沉重打击，缴获很多武器，抓获不少俘虏。

为了替自己进攻武汉进程极度缓慢和遭受重大损失辩解，日本人又玩起最荒谬的把戏。不久前一份日本报纸刊登一则新闻。该报纸煞有介事地报道说，中国军方训练了几百只大猩猩专门用来对日军进行拼刺刀冲锋。报纸写道："这些猴子被专门训练首先刺杀日军军官。"

在例行记者吹风会上，这条新闻招致外国记者的哄堂大笑。

今天上午 10 点城市上空突然出现 30 架轰炸机。由于剧烈爆炸，城市在颤抖。上百发炸弹投在不同的地方。

在城郊，上百座小房子被大火烧毁。每走一步都能看到四肢不全的尸体。女人们一边号啕大哭，一边把炸死的孩子搂在怀里。男人们则从大火中抢救残余的家具。

汉口在撤离。一切有点价值的东西都在有组织、有秩序地外运。例如，今天，各条街道引沟上的铁板全部取下并运走。现在日本人非常需要钢铁。

中国政府对那些愿意撤离的人们尽力提供帮助。这样的人有几十万。他们乘轮船、篷船、马车或徒步离开武汉。商人们把商铺封死，携带着物品去国家的内地。武昌已成为空城，居民全部走光。

清晨，宣传部来电话让下午2点带上摄像机过去。在宣传部，我遇见了美国摄影小组全体成员。我们被安排上了一辆汽车并驶出城外。在路上通知我们说，我们将为蒋介石摄像。

在郊外一栋别墅里，我们认识了蒋介石的侍从黄上校。他请我们进了一间不大但阳光明媚的客厅，在那儿他向我们介绍拍摄方案。这个方案写在一张纸上，方案并不复杂，但制定得非常详细，具体到每一个细节。

他介绍说，大元帅从这个门走出来，走到这张桌子，他将写东西，然后打电话。接着他将走到军事行动地图前。接下来他将听取空军司令报告情况。完后，大元帅的夫人宋美龄女士将走进屋，他们一起走上阳台，再走到花园里去，在草坪上喝茶，下棋……

上校最后说，你们要用15分钟时间拍摄下这些活动。

摄影师们很客气地表示了不满，说时间太少了。上校开始时拒不让步，但过一会儿同意拍摄期间短暂休息一下，以便整理摄影胶片。

我们开始准备起来。美国人仔细地打量着我的摄影机：一流的"艾姆"牌，镜头是一般大牌电影公司给自己摄影师配置的那种。我们准备就绪了。

门打开，蒋介石走了进来。他干瘦、中等个头，身着保护色的呢子中山装，腰上挂着短佩剑，散着裤腿，他跟大家打招呼后，迈着小快步走到办公桌前。我们开始拍摄。

蒋介石看着周围的人。他前凸额头下的那双眼睛很小，眼球深暗，他的眼神儿则是带有疑问和对人不信任的。他鼻子有点扁平，上嘴唇上长一撮斑白的、按英国派头剪平的胡子。他所做的手势简单且又拘谨，有时与一直看着他的黄上校说的话很不连贯。

从外表看，蒋介石不超过 45 岁（中国人很会保养），但两鬓斑白和眼角皱纹会告知真正的年龄。

在拍摄过程中，宋美龄走进办公室。她笑着与我们打招呼。她40 岁左右，非常随和。在那张美丽的方脸上长着一双大而无光的黄色眼睛。宋美龄是蒋介石最贴近的助手。她负责组建众多国防机构和团体的大量工作。

摄影师的胶片用完了，他们给摄像机重新装片。蒋介石利用这个间歇同空军司令谈话。我的摄像机里还有胶片，故我把拍摄"计划"之外的这个鲜活场面摄了下来。

忙于给摄像机装胶片的美国人很不高兴地看着我。他们明白了我的策略。

在美国摄影师的实践中，"压过"同行意味着要显示出最高水准的纪录片采编效能。在他们看来，我正是这样做的，我没有用完所有的胶片，而是留了几米用于拍摄这个场面。这次拍摄结束之后，他们对苏联摄影师的态度大大变好，见面时，美国采访"王子"不再伸出两个指头，那我自然也"报之以李"。

拍摄完蒋介石和他夫人在草坪上喝茶、下棋之后，大元帅朝我们这边面无表情泛泛地点了点头就离开了，而宋美龄走过来，跟我们说几句客气和热情的话，甚至点头行礼致意。

汉口继续在撤离。今天城里的黄包车都没了。几千辆黄包车瞬间从汉口的大街上消逝得无影无踪。政府动员黄包车做军需，去运送伤员。这项有益的活动完全改变了城市的风貌。现在，大街上每天都是越来越多的人，他们提着大包小包奔向码头，或者干脆步行奔向郊区，奔向通往西部和西北部的公路。从前线断断续续传来关于中国军队在进城要塞顽强抵抗的消息。政府和军令部还没有就武装保卫武汉的进一步计划做任何表态。但是对于经历过战争和看见过城市失守的人来说，心里一清二楚：武汉陷落无疑。

我已经弄到一辆汽车，加满了汽油，准备撤离。

早晨阳光明媚，我在江边拍摄民众撤离。人们背着包裹，肩上驮着孩子，手搀扶着衰弱的老头，然后坐上篷船、轮船。升起灰色、打满补丁的风篷之后，篷船离开码头，进入江中心，然后慢慢驶向上游。

拍摄正酣之际，防空警报响起，头上高空中出现 18 架日本双引擎轰炸机。它们在天空的白色烟雾中几乎看不见。很快从这些飞机下来串串银色闪耀的光点。这是炸弹。我立即停止拍摄，朝能看得见巨大爆炸和黑烟升起的地方奔去。我顾不上什么交通规则，也不管警察让我停下的示意，急驶狂奔。警察们都做出怒气冲冲的表情，但当看到驾驶车的是个欧洲人后，便举手敬礼。在一条街上，我的车前面行驶着一辆单轮黄包车。这种车在整个武汉市只剩下几十辆了。这些"特供"的黄包车固定地为高级官员和一些外国人服务。与黄包车并排行驶时，我看到车里坐着的是电影摄像师艾利克·麦尔。他的大腿上放着摄影机，脚上放着胶片盒。我急刹车，朝麦尔喊着让他上到我的车里来。显然他是去遭轰炸的地方。他坐黄包车不可能到城边。这个老头抬了抬双眼惊奇地看着我，在那磨蹭着，他不知道该怎么办。"快点！"我朝他喊道，帮他把胶片盒先放在车上，把他拉进敞开的车门。驶过城市的最后几段街道之后，我们上了公路。很快我们便到达轰炸现场。日军轰炸的是一个铁路车站。有几枚炸弹扔在铁道上，炸坏了调车系统和一座供水塔。但是大部分炸弹投在了火车站旁边的工人住宅区里。

一座座小房子如同儿童们用纸牌搭的小屋一样熊熊燃烧。这样的小房子起火之后，用不了几分钟就垮塌。被大火吞噬的大街上，惊慌失措的人们穿梭奔忙，他们想从大火中救出点啥东西，从瓦砾下把烧死和受伤的人拖出来。在工人住宅区里有一个覆盖一层青苔的水塘。一个上年纪的中国男人手里提着水桶到水塘边，灌满水后回到还在着火的房子前，将这点水浇到熊熊燃烧的大火上。他在房子没塌前就这样来来往往地奔波着。火渐渐地熄灭，地上的一大堆灰烬里还有微火在燃烧。这所小房子整个是由竹竿、席子和稻草顶盖搭建而成。这个老人继续往这个灰烬堆里浇水，而为取水他就一趟一趟地跑向水塘。

我们到达轰炸地现场如此之快，救护车、消防队半个小时之后才赶到。在此之后，带着照相机的一帮记者，我们的美国电影摄像师同行才到来。在我和艾利克·麦尔疲惫地灰头土脸地回到汽车上时，他们才开始拍摄。稍事休息后，我们返回城里。一路上我们默默不语。在到自己住的饭店旁，麦尔打开车门准备下车，但他停住，又坐了下来说："我非常感谢您，非常感谢您让我坐在您的车里。但我不明白……不明白您为什么这么做？您可以比我早半个小时前去拍摄。"他犹豫了一下，吸一口烟说道，"要知道我们和您是代表不同的电影摄制公司在工作……"

我一听非常高兴。我说，"我所工作的公司是个大公司，这就是苏联。朋友，我可以告诉你，我的公司不怕竞赛和竞争。"

他看了看我，笑了，并说，如英文里说的，他这一切都非常令人开心。他说，"一切都清楚了，没什么可说的，我是资本主义，你是社会主义"。

他不停地拍着我的肩膀，不肯下车。分手时，我们已经成了好朋友。

深夜，城里令人不安的寂静。只有从码头那边时而传来噪声。在用铁丝网围起来的法国租界里，欧洲人的轿式小汽车行驶在柏油马路上沙沙作响。从酒店敞开的窗子里飘出爵士乐的靡靡之音。

戴着宽大圆形软帽的法国士兵默不作声地守卫着正在跳舞先生们的安宁与安全。

黑丝绒般的天空布满耀眼的星星。而只有天边的一小片苍穹反照着中国贫民区燃烧的火光。

晚上，我与麦尔共进晚餐，他建议我不要离开汉口。他说，我只能悄悄对你说，城市陷落时，我们可以拍摄到令人惊奇的场面。我有完全准确的信息，中国人在撤离武汉时，将会把城市炸掉。我选择了一个非常好的拍摄点，那就是海关办公大楼，从那儿整个城市尽收眼底……纪录片摄影师从未拍摄过这样令人震撼的画面。他接着说，然后我们就拍摄日军入城式，这可是非常有意思的……

我向他表明，我在中国工作的基点与美国摄影师不同。美国摄影师右边衣袋里装着中国军事当局的电影拍摄许可，而在左边的衣袋里则装着日本军事当局的拍摄许可。我向他解释说，我的拍摄计划中没有拍摄日军入城式这一项。而为了能继续我的工作，我要同中国人一道撤离。

两周之后，在长沙市人们向我叙说了日本人对待留在汉口外国新闻记者和电影摄像师的情况。在武汉陷落的第二天，这些记者全部被召到日军指挥司令部。一位彬彬有礼的军官向他们发表一段言简意赅的讲话。

他说："尊敬的先生们，你们都是记者，因此，毫无疑问，你们需要信息。信息不会有了。为了发送信息，你们需要发电报。非常遗憾，日本军事当局眼下不能为你们提供发电报的可能性。但是，你们有谁愿意留在汉口，他可以留下来。我提醒你们注意我说的话，如果你们当中有谁愿意离开汉口，那么日本军事当局为此将向你们免费提供一架多座位舒适的飞机飞往上海。想离开的人，我倒建议现在就声明自己愿意享受此便利。"

毫无疑问，所有记者，其中也包括电影摄像师，毫不犹豫地享受了这一盛情邀请并在上海机场平安降落。

第三章　武汉陷落

我终于办好了可以在中华民国所有公路上自由行驶的手续。在军事委员会政治部我再次见到了中国电影工作者们。谈话是在政治部副部长办公室进行的。政治部副部长这一职位由中共中央政治局委员周恩来同志担任。

我介绍了详细的拍摄计划。除前线战事场景外，我想拍摄中国的群众运动、社会组织的活动、农民在农村对军队的大力支持、中国妇女的工作情况等。

军事形势每天都在变化。在三天前拟定的这个拍摄计划中，有一项"保卫武汉"。现在这个计划已经过时。

跟以前一样，汉口的新闻媒体上没有一点儿关于预计中放弃城市的迹象，但是摄影师们已经准备好撤离，他们明天就离开这个城市，同时建议我也离开。

10月24日，最后一批伤员被运出汉口。他们是乘轮船来到汉口的。接下来，轻伤员要步行离开。这些人瘦骨嶙峋，愁容满面，三五成群地离开汉口。重伤员用卡车或者篷船、轮船沿长江向上游运出。很多伤员是用征招来的黄包车运出去的。从城市撤离就是如此进行的，这样有秩序的撤离总共持续几周时间。但是，政府进行的大规模撤离活动无法惠及渴望离开城市的几十万人。汉口的大街上，人群不分白天和黑夜地流动，而且人流还与日俱增。

10月24日日本人一整天轰炸汉口郊区和难民人群行进的公路。在城市街道的上空，日军战斗机干脆超低空飞行。

10月24日晚上，在宣传部举行最后一次记者吹风会。武汉警备司令向记者们通报了为保卫城市已经采取的措施。在他之后，武汉市市长①对记者们发表告别讲话。他最后说道，我今天就离开武汉，但我毫不怀疑，我会很快再回到这儿。

记者们向市长和警备司令提出一大串问题，"在撤离武汉前中国军事当局计划将城市炸掉的消息属实吗？能否知道一下将炸掉的都是哪个区？"警备司令在回答上述问题时说，不管发生什么情况，中国政府将恪守自己的原则，即保护生活在中国境内外国人的利益和保障其安全。

新闻记者吹风会结束之后，通知我说，从汉口向南通往长沙的公路已被日本人抢占。这样，最便捷的路已被切断。只剩下唯一的出口，就是向北去沙市的路。记者吹风会一结束，我就直奔车库，再一次仔细查看我的汽车。我把车里所有多余的东西和个人物品拿出来，只留下最必需的物品。我给车加满汽油，把燃料桶固定在缓冲器和挡泥板上，把车内的空地方和车外所有凸出部分全部利用上了。

夜晚，我最后一次驾车驶过宽阔的呈下坡的沿江大道。整个长江对岸火光冲天。空气中充满着烧焦味儿。在太平路上的政治部大楼旁

---

① 时任武汉市市长为吴国桢（1903—1984）。——译者注

边停着几辆卡车和小轿车。借助汽车前灯光，我看见几位熟悉的中国记者。

天还没亮，我们就已行驶在城市的大街上。只有借助火灾的火光和我们汽车前灯的光，大街才有些亮度。我们开得很慢，跟步行差不多。大街上形成一望无际的人群巨流。人们都朝着一个方向，向郊外走去。即使现在，当我们告别这座城市，当我们感觉到同我们一道离开城市的是所有的生灵，我们都不愿相信敌人已经距此不远了，几天之后他们将占领这些街道。

在郊区，一个哨兵查看了我们的证件，然后我们驶过最后几座房屋，上了公路。

在公路上要想加速行驶绝无可能。我们离开城市已有好长时间，但公路上挤满一群群难民，我们要慢慢地超过他们。

在汉口地区，长江漫出岸堤，形成许多湖泊。堆起的一座围堰穿过其中一个湖，而公路正好就修在围堰上。我们上了这个围堰，很快就感觉到我们不是身在车中，而是坐在小船上游弋。路很窄，也就4米宽，高出水面只有一米半。路边没有任何围挡。转动方向盘稍不小心，车就会翻到水里。在此之前下过雨，汽车在这土路上直打滑，不得不聚精会神非常缓慢地行驶。

……我们已经行驶几个小时，天已破晓。刮起了东风，湖里激起不大的波浪。在围堰大转弯处，我们看见了首尾不相接慢慢鱼贯而行的车队。车的两侧是接踵而行的人群。我们有时超赶行进的军人队伍。黄包车拉着伤员。每一个黄包车上都配备一名负责照顾伤员、帮助推车的战士。伤员们或者睡觉，或者用因疼痛变得难看的目光瞧着周围的一切。

清晨，我们来到辛安渡①这座不大的城市。里程表显示，我们驶

---

① 现在的武汉市东湖开发区辛安渡街道。——译者注

离汉口不超过 40 公里。围堰已经抛在了后面，我们在乡间土道上继续行驶。车意外地停了下来。一条河拦住我们的去路，河上的桥已经毁掉。在军队架桥之前，汽车要两辆一组乘摆渡船过河。现在最好能睡上一会儿，但这不可能，因为每隔 15 分钟就要把车往前开几米远。一位中年将军在指挥架桥和渡河。昨天同新闻记者告别的那位武汉市市长同将军在一起，他被早晨的寒冷冻得瑟瑟发抖。

我们行驶近 10 个小时来到一个小城市应城。在这里我感觉到我已无力再驾驶这辆车。已经有几次我握着方向盘就睡着了，在车轮子已经到路边的最后一刻下意识地惊醒过来。如果再这样继续开下去，出车祸在所难免。我把车开到路边，让翻译在 20 分钟后叫醒我。我像死人一样睡着了。

好不容易把我叫醒。手表时针指明，我睡了 30 分钟。我用小河里的凉水激了激头，做 5 分钟"早操"，在路上走一会儿，从暖水瓶倒出点热茶喝了，然后再次握紧方向盘。在所经过的城市和村庄里，我们想了解一下汉口现在的情况，但是同汉口的任何联系都没有，简直一无所知。我们经常超赶小股和大股的部队。他们完全不像在撤退，士兵全副武装行进，并且保持着行军的队形。

夜幕降临，从汉口出发的车队在湖北省继续自己不间断的旅程。我们有无数次停下来，以便乘摆渡船越过大大小小的河流。

夜晚，在渡口，借助车前灯的光亮，在一队士兵和军官中我见到了周恩来。他在经历过多少个不眠之夜后，看起来疲惫不堪。

他说："我们拂晓离开汉口，在下午 4 点日军先头部队就开进城里。你们的车队是最后一批撤离汉口的，你们的车队一过，围堰就炸掉了。"

在他消瘦的脸上，闪烁着一双睿智的大眼睛。他从灰色中山装的口袋里掏出刚印出的军事委员会关于放弃武汉的声明，并递给我们。

在这份声明中说，"历时半年的武汉保卫战消耗了日军力量。现在把武汉作为军事行动中心已不合适。武汉作为一个战略重点，我们放弃它，它就失去了其重要性。中国要充分地保存自己的实力和进行持久战的主动权，这是中国军队的战略基点。这不是后退，而是保存和集中有生的能打仗的力量。这支力量决心与敌人战斗到底。"

周恩来说，"你们自己都目睹了武汉撤离的情况。我们从城里把所有东西都运出来了。最重要的是我们从敌人的包围圈里把军队撤了出来。这就是你们在路上所见到的，几百辆汽车，几千名身强力壮、战斗精神饱满的战士，我们的大炮和装甲车。所有这些，日军企图在武汉城下将其包围、消灭、缴获。他们没有得逞。我们要继续斗争，要重新调配力量，把那些保持着战斗力的部队调往新战场。"

汽车前灯明亮的光线照着摆渡船。重型卡车在瓢泼大雨中开上船。木制的垫板吱吱作响，卡车不停地轰鸣，船夫们大声地叫喊。有时车灯照到对岸，那里同样传来轰鸣和卡车向着河岸高处爬陡坡所发出的马达巨响。这些车只有这样走才能上到公路继续前行。

我们一路上来到的第一个大城市是沙市。在这里我们终于可以住一夜。我们总共走了两昼夜，但是感觉像是过了一个星期，像是走了几百公里。现在困扰我们的唯一愿望就是不管在什么地方，即便在地上，在石板上躺下睡一会儿，哪怕几个小时也行。我们在暴雨中行驶，这场暴雨把土路冲毁了。汽车每前进一步都会往旁边打滑，陷在稀泥中车轮空转。稍有不慎，在路中央艰难行进的车就会滑下去出不来，而且夜里没人帮你把车拖上来。

我的司机把车开到一辆卡车跟前。这辆卡车的车轮在原地空转，它挡住了大家行进。后面已经积聚了一大串车，这些车不耐烦地鸣着喇叭。在我们后面的一辆车想从侧面超过卡车。结果，他的车轮不停地在原地空转，将泥土卷起并向喷泉一样溅向四周。车开出来了。我也决定走一步这样的险棋。但是车右轮陷进坑中，车慢慢地向右边滑去，最后卧在深沟里。卡车则从原地开了出来，后面等待的一长串车都跟着它开走。我们则滞留在原地。

泥土已没了车轮。我绕车一圈看了看，要用手把我的车从泥里抬出来最起码需要 20 个人。有几次我招手想拦住过往的卡车，但这是徒劳的：在这大雨之夜，谁都不愿停下来并走进泥中。当我对获取帮助的希望已灰心丧气之际，一辆卡车停下来，从驾驶室里走出一个穿上校制服的年轻人。

他问道："您这儿发生什么事了？"

借助车前灯光，我看清了他的脸庞，他把我打量了一番，在黑暗中抓住我的手，像朋友似的紧紧地握着。我看到他胳膊上带有中文字的臂章，中文字是个"八"字。这是国民革命军第八路军官兵的独特标识。我们在汉口周恩来那儿见过面。现在，在这大雨滂沱的夜晚，他认出了我这个苏联记者。一分钟后，从卡车上开始跳下一些年轻小伙子，总共有 20 人。在离公路不远的地方，我们找到废弃的马车车架子，斧子和铁锹都派上了用场。我们把马车架子劈开，在车轮下放些木板，把车辕当撬杆，抬高车的后杠。我坐上车，猛踩油门，小伙子们把车推到路中央。我不知道怎样感谢这些年轻的小伙子们。我们往前行驶着，他们坐在自己的卡车上跟在我们后面，以便需要的时候再提供帮助。

天拂晓的时候，我们终于进了沙市城门。我们在城里转了好半天寻找客店。在中国国家银行大楼旁边，我终于看见同我们一起撤离武汉的中国记者们的汽车。原来这座银行大楼已被用于为难民提供的住宿场所。所有的桌子都已被占用，我只好在一个瓷砖地板上找个空地躺下来，并瞬间进入梦乡。

10 月 28 日我们来到长沙。日军每天从早到晚轰炸这座城市和通往该市的公路。我们好不容易找到"中央日报"社所在的大楼。也就在这里我们同从武汉一起撤离出来的记者们暂住下来。务必通过电报局同莫斯科联系上，通报我们的"坐标"，制订下一步方案。我们在城外找到了电报大楼。在嘀嗒作响的一片发报机中，我勉强在一个桌角旁坐下来。我给《消息报》发了通讯，给新闻电影厂和亲属们拍了电报。

今天报纸上登出消息说，英国驻华大使阿奇巴尔特·凯尔·克拉克先生将于明天抵达长沙。他从香港前往汉口，在那儿计划同蒋介石会见和会谈。途中，大使改变了路线。关于英国大使此行的任务，流传着各种不同说法。很多人倾向于认为英国大使的使命是企图促进中国的和平。中国报纸保持着沉默。

长沙能坚持多久？这是大家关心的问题。有人说能挺一个月，也有人说6天。

蒋介石昨天带着司令部人员来到长沙。我在12点对他进行了拍摄。在司令部里，针对我提出的允许我立即上前线请求，答应我说，要提供全力协助，并且为保障在陌生地方不迷失方向，给我配备了一名军官。

关于长沙市在三天之内全部撤离的命令公布了。所有的商店都已关闭。白天，日军飞机几次出现在城市上空。

城市里空无一人。夜晚，大街上一队一队的士兵走过，一些辎重车队也沿街而行。在街口，伤员们在火堆旁有坐着的，有躺着的。有的人在已经撤空的小店铺里点起了篝火，他们坐在火堆旁重新包扎伤口，唱着忧伤、单调的小曲儿。

火车站附近地区被夷为平地。这里已经荒无人烟。看着灰蒙蒙的废墟，负伤的散兵游勇在里面徘徊，已令人感觉到凶多吉少。

车站月台上形成了一条人群长龙。整个蒸汽机车头只能看见烟囱，所有的地方，包括车头缓冲器、车厢顶盖、登车踏板都挤满了人。人们都坐到了机车的车灯上面。

月台变成爬满躯体的灰色地毯。伤员们横七竖八地躺在地上呻吟。

拍摄这样的场面比拍摄轰炸和失火更令人难受。在这里，在这个火车站你会更加深刻地感受到太多的人所遭受的显而易见的苦难！在车厢顶盖上、车头缓冲器上占有一席之地的人一坐就是几个小时，他们等待着火车开动。他们要坐着，不敢爬下来，因为他们的位置会被其他别人占据，那样，他们就要在这到处是毫无生气废墟的城市中滞留下来。

一个欧洲人的面孔，手里拿着噼啪作响电影摄影机，这引起了周围的关注。我一直在拍摄，并回想起档案资料里边的镜头。那是在我国革命最初几年拍摄的场面：也是这样几乎被摧毁的火车站，火车顶盖上一堆堆人的躯体……我手里紧紧握着摄影机，拍下这望不到边儿的人群长龙……

我国人民真诚地景仰自己的过去、景仰在这个饥饿遍地、千疮百孔的国家所走过的英雄之路。我们作为苏联人，比任何人都能够理解和同情为生存权而斗争的人们所经历的苦难。

有朝一日，胜利的中国人民将从这个复兴国家的档案库里也取出这段摄影胶片……

夜色降临在这座空城，阴云密布，凄凉的秋雨寒气逼人。再过几个小时，我们将离开长沙。

天已完全黑下来，在离城市很远的地方，我们穿过栅栏，找到了一家电报局。主事的是一名戴着眼镜、身穿绸袍的瘦老头，他用半生不熟的英文客气地向我表示，他不敢保证把通讯稿发到莫斯科。这个电报局是从长沙市中心三层大楼迁到这儿来的。

"你看看我们是怎样工作的。"他把我领到一个房间，那里并排的几张桌子上，几十台电报机嘀嗒作响。油灯下，坐着俯身工作、疲惫不堪的电报员。

我被安排在一张桌子的小桌角旁坐下，放上一台吱吱乱响的打字机。这简直是要命的活：要在这样的环境里，不打草稿、一个指头直接在电报纸上用拉丁文写出长篇通讯。我这样工作了两个小时。主事的老头接过稿纸，答应将尽他一切所能把事情办好。

这天夜里，在我们出发上前线之后，长沙城里燃起大火。得知这一情况，我坚信那篇通讯可能泡汤了。直到后来才搞清，那篇通讯莫斯科当晚就收到并刊登在《消息报》的次日上午版面上。

我们再次来到司令部，以便把将在前线陪同我的那位军官带上。就在要出发前，发动机出了故障。在黑暗中折腾了好长时间，检查了汽化器、点火器，直到半夜把车子修好后，我才坐到驾驶座上。

我借着车前灯光，找遍狭窄的街道，不断询问遇见的士兵，找到了前行的方向，驶过长沙最远郊之后，我们的车上了汉口公路。这个夜里，长沙难逃化为一片灰烬的厄运。

第四章　继续斗争之路

已经是深夜，我们等着摆渡过河。军人的队伍全副武装冒雨行进，重型卡车上了摆渡船。天气很冷。我的同路人，一个中国新闻记者穿上了帆布雨衣。预计的蒋介石同英国大使会见使他心乱如麻，他一直无法理解。这些天，国家等待着政府声明。

日军采取钳形攻势占领武汉之后，孤注一掷，想在武汉城下消灭中国军队的主力，中国军队在跳出包围圈后，保存着自己的战斗力。连续三年日军每走一步都感受到中国军队打击的厉害和顽强抵抗。

拿下武汉之后，日军给自己确定的任务是全面控制粤汉铁路。他们从汉口开始沿着这条铁路发动主攻，动用日军所有的机械化来助力这场攻势。

在这场攻势中，日军被迫放弃追求包围、放弃抢占敌军侧翼。这可是日军作战的基本原则，是日本战略的基础。如果深入中国军队的侧翼，那就意味着要进入山区，这很危险。因此，日军采取纵深突破的策略。为实现这样的突破，他们在一处不大的战场上投入大量飞机、大炮、化学武器，如此向前推进。但是，时而出现在日军后方的中国军队从侧翼不断打击日军后卫部队，并且经常全部歼灭日军留下来守卫突破区域内狭窄地段的部队。中国战士空前顽强地战斗着。

今天报纸刊登了政府声明，声明宣布要进行持久的人民革命战争。所有人都重复着这份声明中关于战争新时期已经开始这句话。在谈到开展持久的人民战争时，中国人一定会把打败了自己所有敌人的苏联作为榜样。

这份政府声明简要翻译如下：

我们保卫武汉10个月，掩护了国家西部地区建设的准备工作。

武汉保卫战的意义在于阻止了敌军进犯西部地区，把工业从国家的东南和中部地区转移到西部。现在，人力和物资资源正向西部迁移。

放弃武汉，保存实力，让军队冲出包围，我们正在把主动权掌握在自己手里。

在武汉的要塞，我军在防御和进攻中锻炼出新的素质。而敌人在武汉损失几十万人。

新的战争已经开始，战争的主动权在我方。

我们把敌军拖入国土纵深，让他们被动消极，而我方保持主动权。我方主动权依托于广袤无垠的国土，依托于人口众多和国家物质丰饶。

开展人民战争不局限于在前线。我国领土上的任何地区都可成为战区。

我们不怕牺牲，现在，我们不怕失败。敌人的侵略越疯狂，我们的抵抗就越顽强。

持久的人民战争必将取得胜利。人民应当认识到持久战的真正含义，鼓足自己的全部力量。

顽强、英勇地战斗，直到大获全胜！

（1）我是长崎的五金工人

昨天我在一个司令部里会见了前天夜里在过河摆渡船上分别的那位新闻记者。他穿一身军装，笑容满面，人变得年轻了，刚刚从前线来到这里。他活灵活现地向我讲述那些杰出的战士和军官，介绍了军队高昂的士气。

现在，前线进行着顽强的战斗，老百姓几乎全都向西部地区逃亡。几万人挤满公路，他们肩上背着孩子、常用物品、家具。在很多村庄里，农民在逃离时烧掉自己的房子。日军在其进攻途中在一块狭长地带有组织、经常不断地轰炸城市、村庄。最近一个星期内，日军飞机每天都轰炸位于粤汉铁路沿线的居民点。

衡山的居民在战事期间多次看见敌人飞机飞临城市上空。但是日军不知为什么没有轰炸衡山，因此，人们在警报响起期间，不再为自己的性命担惊受怕。11月8日，突然出现了大批轰炸机，只在半小时内，这个喧嚣热闹、有上百家店铺、狭窄街道纵横交错、街上总是人来人往的小城市变成一片废墟。幸免于难的人们逃进山里。他们只在夜里才能返回，借着纸灯笼的光亮，挖出亲人的尸体和劫后剩余物品。

在通向山里的路上，我见到了被押送的总共16人的日军俘虏。他们是不久前在湖南省进行的一次战斗中被俘的。

列兵汤田良仁完全是个青年，很瘦。他还未来得及大学毕业。同他一道被俘的其他几位同伙，都蹲着，一个个愁眉苦脸地看着地上。他们不像年轻人汤田良仁，都不愿说话。只有在一个中国军官讲起日

我是长崎的五金工人，
我有一个大家庭……

在司令部审讯时，列兵汤田良仁提供了关于日军驻防和人员的情报

军残暴屠杀占领村庄的民众时，一个留着胡子的日军站起身来，突然激愤地说："你们为什么问我们这个？我不想打仗，我的同志们也不希望这场战争。你们去问问我们的将军们，他们为什么强迫我们打仗。我是长崎的一名五金工人，我有一个大家庭。我们都是被强行赶到这儿来的……"

他像刚开头那样，突然中断了说话，显然是害怕自己的冲动。他的同伙都抬起了头，眼睛露出神采。但这只是瞬间的激情迸发，很快就熄灭了。他们又都低下了头。

我们所在地方附近的小城市上空，响起令人心惊胆战的敲钟声。这是空袭报警信号。现在，日军飞机很快就飞到，这让城市乱成一团。

这是不难想象的：昨天几架日军轰炸机飞经此地，部署在城市附近的高射炮向飞机开火。日军怀疑这里有军事设施，故今天又飞临这座城市。

从我们登上的一座小山包上眺望，城市一览无余。俘虏也被押解到这儿来了。午间的炎热使得这里死一般地寂静。城市居民全部撤离出城。从小山包上可以看到几个单个行人。他们是最后逃离的人。他们跨过水沟和土墩，沿着坡地向小山包跑来。

我们默不作声地等待着。我把摄影机调试了几次。在正晌午时蔚蓝清澈的天空中传来刚能听得见的轰鸣声。

飞机来啦！

我们观察半天，并没有看见飞机。飞机发动机的噪声越来越响，越来越近。看见了！9架双引擎轰炸机直接朝我们飞来。当我们确信这9架飞机确实突然出现在军事航线上，我们感到无比愤恨。如果炸弹投掷稍微一偏，那就会落到我们的小山包上。

现在寻找掩体为时已晚。我紧紧抱着摄影机。对一个摄影师来说，像在摄影棚里拍的那样，能几乎就在你的脚下拍摄到轰炸设施画面，那是千载难逢的机会。但是日军为什么没轰炸？现在，第一分队眼看就飞临我们头顶上……

第一波轰炸开始了。在第二波和第三波轰炸前能听到炸弹过来的呼啸声。炸弹全都密集地落在城里，一轮轮毁灭性的轰炸使空气和大地为之颤抖。很显然，有几枚炸弹是最后那架飞机扔下的，从我们头上呼啸飞过，在小山包的斜坡上，离我们不远处爆炸。我们身上被盖上了一层尘土。

爆炸形成的一簇簇花束慢慢地扩散为褐色的浓烟直上云霄。这些都被我拍摄下来。

飞机躲进天际线蓝色的烟雾里。四周是令人不安的寂静，人们默不作声，小山包上悄无声息。突然，孩子的哭声打破了寂静：在这座被炸毁的城市里一个小孩子发出凄凉的哭声。

一个中国士兵指着一团团浓烟对日军俘虏说："你们都看见了吧。"

俘虏们垂头丧气。他们好像等待着被即刻枪毙。汤田良仁手里紧紧握着一瓶威士忌酒，低声说："这太可怕了，太可怕了……"

但是在那眯缝着的斜眼里则闪现出残忍和幸灾乐祸的目光。

（2）在前线

几天前，我们不再坐汽车。我们用砍倒的小树把车盖得严严实实，走开三十步远，我们久久地观察，看能不能发现它。几周来，我简直太喜欢我的这个小座驾了，它使我免于遭遇到日军。我甚至原谅它的缺点：有些变幻莫测、耗油量大，但是开起来还是蛮棒的。

我们朝掩盖着汽车的灌木丛最后看了一眼，便骑上中国矮个头的马，奔赴上前线的远途。

我们每天走 30 至 40 公里的山路，经过了集团军、军、师、团的

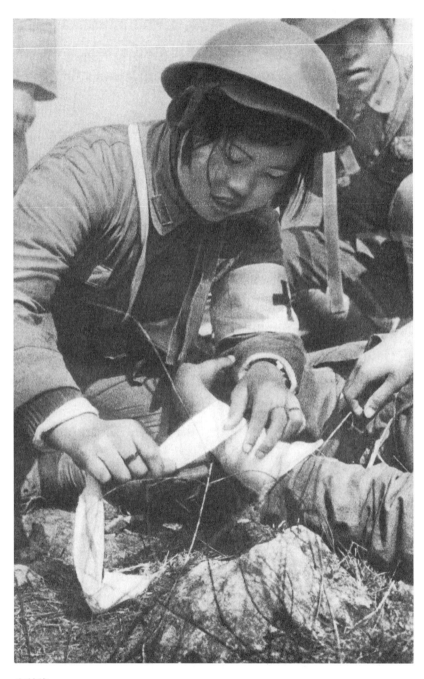

在前线

野战司令部，渐渐地走近中国的防卫前线。

在山区，夜幕是突然降临的。火红的太阳还未来得及躲进茫茫绿色的山岗，我们的眼睛就已很难辨清狭窄的山中小路。向导手里提着一盏点燃的灯笼，我们徒步继续在漫长的、令人疲惫不堪的路上行进。晚上，我们就在野战司令部所在的农民家里过夜。

湛蓝的天空中群星闪烁。星星在椭圆形稻田如镜的水面上闪闪发光。穿过形同美妙的棕榈树和竹子的云影，一轮精美的弯月慢慢地爬出来，把暗淡的光洒向原野、山岗和环雾缭绕的山谷。

白天，这种景色更加漂亮，它光彩夺目、水波不兴。而夜里，月亮就使人忐忑不安。经常在黑暗中传来刺耳的吆喝，从一片树林里窜出士兵的身影，盘问你是什么人，到哪儿去……因为靠近前线，这里已经时而能听到机关枪和步枪短暂的哒哒射击声。

拂晓，我们终于抵达中方前沿战壕。从这里用望远镜可以清楚地看到日军阵地，甚至用肉眼都能分辨出哪些是日军战壕、哪些是避弹掩体。避弹掩体建在一座高山斜坡上，山谷把这座山同我们远远隔开。这些天日军发动几次偷袭，但他们的每次冲锋都被打退。现在双方在对射。日方用机关枪和步枪进行射击，子弹在头上嗖嗖飞过，把树上的枝叶打落下来。中国战士用机枪和步枪很克制地回击。在山里有时也会响起隆隆的炮声。

我开始拍摄。

在军人当中经常出现争论，争论的焦点是，当敌人的子弹从头上呼啸飞过时，人是否应该戒除低头躲避的陋习。第一颗子弹在我耳边发出的响声提示我对这个争论的问题给出有说服力的答案：我拿着摄影机蹲下。

我连续两昼夜不停地拍摄打仗、在前线打仗的士兵生活。

部队的指挥官和政工人员对我这个苏联摄影记者非常热情和客气。这已经不是中国的礼仪，而是对一个苏联公民友好、友善的真诚表露。

日军飞机一天要飞来几次。它们像苍蝇一样令人讨厌，对中方战壕进行俯冲，用机关枪连续扫射。但是这些空袭都没有什么效果。中国士兵很会做伪装，他们躲进战壕，几乎没受损失。日军的重型轰炸机几天来都转向铁路沿线地区狂轰滥炸。

在铁路沿线，日军投入战斗更便捷。而在这里的山区，中国军队的抵抗非常顽强，日军每前进一步都要付出重大伤亡。中国军队经常在夜里走出战壕，干净利落地实施打击，抓获俘虏、缴获弹药，把日军从战壕里打出去。

日军不敢去离公路很远的地方，他们知道，到那儿就等着被消灭。他们沿着公路慢悠悠地、小心翼翼地前进，没有自己的侧翼保障。在很多战场上，中国军队没有后退，而是留在山区，让日军进入公路沿线，然后他们就在敌军后方开展游击战。给日军让出的公路，事先都一段一段地毁掉了。我不止一次地看到，士兵和农民们认真地把水泥公路挖开，直到路基，把桥梁拆毁和烧掉，把电话线拽下来运走，把电线杆子砍倒并付之一炬。

居住在公路附近的农民把自己的菜园毁掉，烧毁了房子，逃进山里。看到这一切，你会坚信，日军是以巨大损失代价才挺进到这个空空如也、一切都被毁坏、运走和烧掉的狭长地带。要重新修路、建桥、盖房，需要亿万巨资啊！

日军在粤汉铁路沿线进攻的一路上处处都是这样的景象。中国人把机车车辆全部开走，把铁轨和枕木拆下，把火车站烧了，把电话通信毁掉，把运营多年的桥梁炸毁。日军把铁道线变成行驶汽车的公路，越来越放慢其进攻的节奏。中国军事当局现在得到情报说，日军正把107、106和第1近卫师团换防到后方。这些师团整个夏天都在中部战场作战，损员过半。日军在所有其他战场的进攻也大大放慢。

与此同时，中国人则保存着自己的实力、保存着军队和士气。中国军队高昂的士气绝不是一句空话。我们同指挥官和士兵进行长时间交谈。日军沿几条路线向前挺进绝没有影响到这些官兵的情绪。指挥官们对自己力量的估计清醒而且冷静。他们对日军丧失理智的孤注一掷，把一切都越来越紧地捆绑在一起感到震惊。

部队指挥官非常好客。他们为不能给客人提供舒适的交通工具和在这里打仗形势下提供必要的便利感到抱歉。我没有想那么多。

在师司令部里，我们吃了顿农家晚饭（米饭、大块儿的红烧肥猪肉），用小瓷酒盅喝了粮食酿造的烈性白酒，我们的交谈一直持续到大半夜。

他们向我问起苏联的情况，问起我们的文化、工业增长、国际地位等。

年轻的师长介绍了在台儿庄大败日军的情况。他指挥位于台儿庄右翼的一个军参加这场战役。

他在谈到现阶段这场民族解放战争时说，"我们有些指挥官头脑发热，对中国军队后撤感到不满。他们认为现在可给日军以致命打击、切断其后方，消灭他们。但是绝大多数中国军官能冷静地思考问题，完全赞成最高军事当局的路线和战术，即保存军队、组建新的强大的预备队、拖垮敌人、做好彻底消灭敌军的准备。这一刻终将到来……"

天亮时，我跟随的这支部队出发了，我再次看到过去常见的场面。村里的所有人纷纷朝着士兵们迎面走来，叮嘱战士们好好休息，他们提着装有核桃、中国红薯的篮子和开水壶。

士兵们围着一位八十岁、走路颤颤巍巍的老太太，让她坐在一把凳子上。她用满是皱纹的手亲切地抚摸着手提机关枪，不言不语地笑了起来，然后对年轻的士兵们说，"好孩子们，打敌人，打到底。"

你相信吗，在这些废墟上，在空无一人的田野里、大道上，取得胜利的自由的人民迟早会卷起袖子开始建设新的生活。

我作为战地电影摄影师，携带的装备已经很笨重，但还要再配戴一个沉重的物件，没有它，在野战环境下寸步难行，这就是防毒面具。在军司令部给我配备了一个缴获日军的防毒面具。

关于在中国进行化学战的消息在世界媒体上透露得非常迟缓。媒体十分谨慎地报道说，"存在着日军在个别战场上使用毒气装置的情况……"

日本军事当局矢口否认这一消息。

可以随意否认这一切，但是白纸黑字、盖有日本皇军106师团师团长松浦淳六郎将军印章和亲笔签名的作战命令则无法否认。

这份文件是在战斗中缴获的。满是日文字的几页纸注明是8月25日13时颁布的第38号绝密命令。该命令及其附带细则所包含的内容有在华中军事行动中使用毒气瓶和毒气弹的方法。

这份内容丰富、认真制定的细则由五个章节组成，每个章节有几个段落。我记下了其中一些段落。在第一章的一段中写道："为了取得战役胜利，必须使用毒气。尽管使用毒气的原则是限制在小面积使用，但是战场形势往往迫使要大范围使用。"

第三段中写道："鉴于毒气的效期很短，在有效使用毒气时要注意，组织冲锋务必先使用毒气。"

在第二章第三段中写道："当先头部队有效使用了毒气时，不能浪费时间。在戴上防毒面具之后，必须通过毒气战来勇敢地向前挺进。必须组织一支强大的队伍来使用毒气，消灭残余的敌人部队。"

在同一章的第四段中写道："在各战场上使用毒气时，部队应当查明风向，以便取得最佳效果，自己也不受损失。"

关于在部队中组建临时化学支队问题，制定了一个单独细则。正如命令中指出的那样，该细则由华中地区日军司令部印制和复制，标题为《有效使用毒气瓶和2号毒气弹方法专门细则》。

在命令的第六条中说，第145联队8月18日关于在徐州战斗中使用毒气瓶和毒气弹效果和方法的报告已经印发。第五条全部讲的是要保守使用毒气的秘密。这一条包括五段内容：

1）在进攻有外国人居住的城市和村庄时，严禁使用毒气。

2）使用完毒气后，必须销毁所有留下的痕迹。用过的空毒气瓶要深埋地下或者扔到水中，无法使用的毒气瓶应当肢解分开并埋入地下，或者投入水中，也可以在毒气炮弹工厂进行调换。

3）在借助毒气冲锋时，要将敌人全部消灭，以免看到使用毒气。

4）在毒气瓶的外壳和装载的箱子上要事先擦掉写有"红瓶"或者"红弹"的字样。

5）务必避免形成任何关于使用毒气的文字材料。如果需要写出和印制关于毒气的某种说明，则这种材料要妥善保管，无论如何不能丢失……

在这份命令的最后一段中对缴获这份文件的英勇的中国人民军队士兵的评价作了若干修正。

深夜，在距长沙还有60公里的一个地方，我们停下来，车没油了。我们用手把车推到一边，用树枝把车伪装一下（早上日军飞机将飞临此地）。陪同我的那位军官出去找电话。一队队的士兵从我们身旁走过。

我点起了篝火。

离天亮还早着呢。我的脑海中又浮现出在战斗中见过的那些杰出人物的形象。

全世界都谈论中国士兵的高水平战斗素质、他们的英雄主义、纪律性、超强的韧性，不是无缘无故的。很多人总想把这种勇敢精神归结为中国穷人传统的视死"如归"。这是污蔑。对敌人强烈的仇恨激励着士兵们。一年半来进行的民族解放战争唤醒了人民真正的爱国主义。战争拖的时间越长，保卫自己国家的愿望越深入士兵的心中。

我所造访那些部队的指挥官们一般不太好意思列举一些英雄人物，但是他们总以钦佩的口吻讲述一些连、营、团、旅中的英雄事迹。

伤员们把自己看作累赘。他们总是尽量远离战场。而他们一旦能走路了，就慢慢地、毫无怨言地走向后方。他们对人民给予的温暖、医务人员提供的帮助感激涕零。伤愈之后立即返回前线。

有个人走近我的火堆，默默地坐了下来。他问我 H 师在哪儿驻扎。我们刚好从这个师那儿过来。该师现在前线。来的这个人在武汉保卫战中二次负伤。一处伤愈合了，另一处伤正在愈合。

"我们的野战医院已撤离到衡阳，我决定归队。在我到的时候，就可以取掉绷带了。"

"你可要走一百多里路啊！"

"小意思，我能走到……"

他站起身来，朝我们点点头，用口哨吹着小曲儿，消逝在黑夜中。

接着，一个拄着棍子的小孩一瘸一拐地走过来。在中国军队中，这样的小孩子很多，大都是十四五岁的半大孩子。他们可不是"团里的宠儿"，不是成年人的开心果，他们在不折不扣的儿童年龄成为真正的战士。这个小孩在稻草上坐下，浑身颤抖着靠近篝火。膝盖以下的腿上有裂开深深的伤口，用绷带简单地包扎着。这个小孩在打着摆子。牙齿嗑着水缸子咔咔作响，不怕烫着嘴唇，大口喝着热茶。我从车里拿来一条暖绒绒的毛毯，把他裹上，他渐渐地睡着了。

天边呈现出一些玫瑰色的斑点。这是农民们在逃进山里时烧毁自家的房子。我们的火堆蹿起的火苗照亮了这个小孩的脸庞。他有时在梦中发出呻吟声，有时笑了起来。我守护着这个疲惫不堪的人，这个中国人民军队战士的睡眠。

天空中的星星与篝火一道渐渐地熄灭了。

一个农民从隔壁的房子里端来一碗热气腾腾的米饭。这个小孩吃过这顿早餐后，把毛毯叠得整整齐齐放进车里。我把毛毯重新给他披到肩上。他开始不明白，然后放下手，深深地鞠了一躬说："谢谢。"他拄着自制的竹子拐杖，慢慢地走了。

（3）烈火中的城市

在我们离开长沙去前线这些日子里，长沙一直在撤离。这座大城市里的五十万居民雪崩般地拥进大山和村庄里。夜里，城市的上空闪耀着火灾的光焰。汉奸们用变节的手在市内各处点燃几十座房子。到处像闪电一样传着消息：

"日军已经到长沙大门口啦！"

大火吞噬了一座座街区、一条条街道。高层楼房也在燃烧。一望无际的火海猛燃起来……

熊熊烈火已经烧近江边，码头上站满没来得及离开城市的人群。将这些人迅速运到江对岸的船只不够用。很多人跳进水中，顺流向下游漂去。有一个老头恳求把他带走，他说："我的两个儿子在前线阵亡了。这是我所有的钱，全都给你们，把我带走吧。"他手里举着一沓纸币。

在江岸上，由于炎热，房子上的玻璃开始崩裂……

我是在火灾之后回到长沙的。汽车在大街上开得很慢。这座城市不久前还人口众多，而现在已完全被毁，看着令人心里难受。好几百名工人和士兵在清理街道上的圆木、石头、烧焦的电话线杆，人们三五成群地念着四处张贴的政府呼吁书。政府通报了要开展的工作，以便恢复这座成为破坏和挑衅牺牲品城市的正常生活。

在司令部里，我见到了周恩来。他因在郊外别墅的小路上走来走去，被清晨的寒冷冻得蜷缩着。根据蒋介石的命令，他负责领导长沙大火原因调查委员会的工作。

在岳州（岳阳——译者注）附近作战的那个军的参谋长覃异之[①]将军向我介绍了铁路沿线战场形势。他 31 岁，但看他外表怎么也超不过 25 岁。一张娃娃脸，戴着眼镜，机灵开朗。他在屋子里大步地来回走着，笑声爽朗，作起手势铿锵有力。这个年轻人在国家和军队中很有声望，他从不后退。

在中日战争开始之初，他所指挥的一个团承受了数倍敌人的沉重打击。该团负责守卫一个不大的城市。日军从三面进攻，企图包围和消灭这个团。覃异之与自己的士兵们一道，连续四昼夜冒着日军飞机和大炮的轮番轰炸，一次次击退敌人的冲锋。在第四天，当只剩下几十名战士活着时，他带领这些人端着刺刀冲锋。他冒着日军机枪的扫射，手握步枪弯腰冲在队形的最前面。他的一个肩膀中弹，他倒下了。冲锋的士兵中传着消息："团长负伤了。"有个人紧接着又喊了一句："团长阵亡了。"士兵们立即卧倒。他苏醒后，直挺挺地站起来，大喊一声："团长跟你们同在，冲啊！"

日军放弃了高地，丢下步枪和机枪。第二颗子弹穿透他的胸，使他无法直面站立。战士们占领了高地，比命令要求的多坚守了六个小时。几名还活着的战士把团长抬到后方。

日军在这次战役中损失两千多人。

覃异之提前从野战医院回到部队。在台儿庄战役中，他指挥一个旅，参加了消灭日军一个师团的过程。在徐州附近，他的旅负责阻击企图在这里包围中国军队大兵团的日军。给他下达的命令是，坚守

---

① 覃异之（1907—1995），中国国民党著名爱国将领，1933 年—1937 年 9 月任国民党军队团长，参加平汉路北段对日作战，1938 年 4 月任旅长，参加台儿庄战役，同年 7 月参加武汉会战，不久任中将师长，参加长沙会战，并一战成名。1949 年起义，新中国成立后曾任全国政协常委，北京市人大常委会副主任。——译者注

住，直到大部队冲出包围圈。当旅里的战士没有后退一步几乎全部阵亡时，他带着他的卫兵们投入战斗。

中国军队冲出了包围，但他和所剩不多的士兵们继续坚守，不断给日军以沉重打击。当时在全国到处流传着他的名言"撼山易，撼中国军队难"。

他对我说："日军已经完全筋疲力尽，加上我们让他们前进不得，他们几次想往长沙方向推进，渡过湘江，但都被打退。日军不仅停止了进攻，而且准备打防御战。他们在其占据的河岸上修筑强大工事，拉上铁丝网。他们现在进退两难。"他调皮地丢个眼色说道，"要吃没吃的，想运东西进来，又没有交通工具，一半以上的有生力量被歼灭，不得已开始拉铁丝网……"

覃异之打开了窗子。大街上把一个来自"上流社会"着装雅致的女士捆着双手押解了过去。她哭泣着，往下擦抹脸上涂的脂粉。她是在长沙大火中犯有罪行被枪毙的一个汉奸的老婆。

窗外飘进来咖喱味。

树林子那边传来三声枪响……覃异之听到后说，"这是枪毙那些人"。

从长沙到 H 市[①]的路程为 120 公里。要走夜路。在几十辆汽车等待渡船过河时如遇上日军飞机，那是非常危险的。不久前日军飞机把 H 市夷为平地。他们连市郊的一座古庙都没放过。在轰炸时，几十人躲进了庙里。其中很多人被厚墙的瓦砾压死。

一所军事学校的大院子经过伪装员的努力，变成了一片茂密的不能通行的树林。从山上砍来的几十棵杨树和罗汉松被埋入土中，院子布满了松树枝。军队指挥官们从各个战场来到这里交流经验，总结工作，确定继续斗争的路线。

---

① H 市应为衡阳市。——译者注

这里聚集了战区司令、军长、师长、旅长们。

会议在拂晓前开始，中间休息之后，晚上继续开。

指挥官们谈到了敌人薄弱的，最易受攻击的方面：敌人害怕坏天气；夜间无法在山区、在距交通线较远的地区作战；日军士兵吃不了苦；没有炮火支援日军无法作战；他们把兵力集中到一点，不注意保障后方联系，而在后方，游击队不断给他们以沉重打击。

在讨论中国士兵的素质时，所有发言者都指出中国士兵有高度韧劲和勇敢精神。人民军队的战士在没有炮火支援情况下，在山地作战非常出色，能灵活地转入杀伤力大的白刃战，日军一般经受不住这种打击。

指挥官们也注意到自己部队存在的不足，谈到必须加强军事侦察工作、要进一步加强协调使用各种类型的武器，要改善士兵的医疗服务。

突然响起空袭警报。整个大厅里的人都站了起来，指挥官们慢慢腾腾地离开座位，穿过院子，走进房子四周的山里。每个人都清楚他应当进哪个山洞。在山洞里人们能听到飞机发动机的轰鸣声。有一次，15架轰炸机就从头顶上飞过，日本人没有料到那么"丰厚的猎物"就在他们的脚下藏匿着。

夜里，指挥官们乘着用绿色树枝伪装起来的几十辆汽车离开了。他们匆忙地相互告别后，分赴各个战场。

第五章　广西之行

　　夜里，乘摆渡船过河之后，我们进入广西。由几位姑娘和小伙子组成的巡查队认真地检查所有过界的车辆。他们对各种证件仔细查看。

　　这里的大自然景色优美，山峰奇异。

　　几千座耸立云霄的石柱一直延伸到天边。群山清晰的轮廓同远处的清烟融为一体。这种奇妙的壮丽景色使人想起艺术家们描绘神秘的"大西洲"①美丽景象的画卷。广西人说，根据科学资料记载，广西过去确曾是海底，这些石柱子是水流涌动冲刷而成的。

　　很多山里都有溶洞。我们在一个溶洞里走了几公里，每走一步都

─────────────

　　① "大西洲"是传说中地球上沉没的一个大陆，遗址位于大西洋中西部和地中海。但科学界对消失的"大西洲"以及"大西洲文明"一直存在争议。——译者注

要驻足欣赏。这些千姿百态的美景真像是一把把地下的大锁、一条条柱廊、一座座凯旋门和仍有瀑布飞流直下的一道道深谷。

广西人给这些溶洞和迷宫派上了用场：在有空袭时，他们就隐藏在这里。

日军把桂林市作为几乎每天轰炸的目标。他们炸毁一个街区接着一个街区。但是，由于组织工作做得好，做得细致，城市居民的人员伤亡相对较小。震耳欲聋的警报一响，居民们瞬间就起身躲藏。全城都回响着喊声："警报！"店铺、住家的大门都一个个关闭，几万人在大街上跑来跑去。15分钟后，城市便空无一人。人群涌向城外，向山里、向溶洞奔去。

站在一座高山上，桂林一览无余。发动机的轰鸣声越来越近。在高空中飞来日军18架双引擎轰炸机。山中到处回响着喊声："飞机来啦！"这些飞机从头上一飞而过，未扔炸弹。紧接着城市和四周群山的上空渐渐飘下来传单。传单写道：

"日本皇军已经占领中国所有最重要的中心。日本帝国希望在东亚建立新秩序和持久和平。这个新秩序的基础就是日本、满洲国、中国之间的经济和政治合作。在中国建立公正与和平，在东亚建立新秩序，这是每个日本人的光荣职责。日本帝国正在沿着壮大本国力量的道路前进。广西人，你们要帮助日军在中国建设美好的生活。你们要三思，你们在为啥做牺牲、为啥打仗。放下武器吧！"

这些传单上都印着有象征意义的木刻版画。人们把传单撕得粉碎。

18架飞机调过头又朝桂林市飞来，向城市投下几十枚炸弹。

日本人向广西民众散发传单不是偶然的。该省有1400万人口，其中250万人受过军事训练并准备参战。占广西总人口百分之六十四的人接受过教育。而且每个广西人都为本省战斗力强、在民族解放战争中的作用突出感到骄傲。

战斗在敌后的军队

湖南山区的炮兵阵地

这里的妇女从不缠足。他们同男人们一样在田间劳作，干重活。这种情况在湖北和湖南省则比较少见。不能不看到，广西女人身材匀称，体格健壮。她们都戴着蓝色的发帽，帽子下面那张暗淡、如象牙一般颜色的脸上，长着一双黑黑的眼睛。女人们用有力、长满肌肉的臂膀摇动着篷船沉重的木桨，她们身背重重的菜篮子，走起路来步伐矫健。广西女人枪法很好，在军队里能吃苦。

日军飞机在广西一些城市上空散发的传单上，印有一幅中国彩色地图。在这个地图上用黑箭头标出日军计划进一步展开军事行动的路线，画一个粗箭头从南部战线直插广西。日军号召广西人放下武器，停止斗争，允诺要帮助他们建设"幸福"和"愉快的"生活。

广西人能征善战，即使在和平时期，他们都枪不离手。战争爆发初期，广西向国家输送很多自己的优秀青年。关于广西兵的勇敢、守纪律、军事知识丰富、吃苦耐劳，那些见过桂军打仗的军事专家们赞不绝口。桂军参加了歼灭日军著名的台儿庄战役。1938 年 5 月在徐州会战中，桂军第 48 军整整 20 天与数倍敌人连续作战，保证了中国军队主力冲出包围圈。

桂军第 31 军 138 师在被日军 106 师团和第 6 师团包围情况下，连续 10 天苦战，保卫太湖①，使日军遭受重大伤亡。多天的几百公里行军之后，桂军部队立即投入激烈的保卫战和进攻，这必将载入民族解放战争的史册。全中国都知道，广西建立了人人进行军事训练体系，要求年轻人和所有公民都要掌握打仗技能。目前在面临日军要直接进犯广西的危险时刻，广西民众尤其热烈响应政府为保卫广西而采取的所有举措。

日军早就计划向北海港投放伞兵。从该港有两条公路通往广西，一条通往南宁，另一条通向玉林。日军可以沿这两条路线向前推进。

---

① 即 1938 年 7 月进行的"太湖阻击战"。——译者注

现在，这两条公路已有几百公里长被毁掉。

在省政府下达毁掉公路命令之前，有几千名中学生和大学生利用假期深入到农村，在农民中开展宣传工作。

农民们每家出一个劳动力，同部队一道扒毁公路，烧毁桥梁、用炸药炸开混凝土，在河上修建一些大坝，把山谷变成了沼泽地和宽阔的湖泊。

庄稼都已提前收割，把粮食放进建在遥远深处公共粮仓储藏。住在离毁坏公路不远地方的所有居民都把自己全部个人财产运到国家腹地，只留下能随身携带最必需物品，一旦敌军抵近，可以毫不费力地提起就走。

一般情况下，广西省不仅不外进食品（盐和油除外），而且每年运往其他省份三百万元的食品。今年的收成可以有足够盈余来供应居民、正规军队和游击队长期食用。

现在，每座村庄、每个县都变成一个军事单位。在农村里从来没有像最近几周这样积极地进行紧张备战军事训练。

除了广西的正规部队外，有15万多名游击队员进行着军事项目训练，他们都配备武器，有专业的指挥官，随时准备上战场。在广西省，一个农民拥有一支枪，这属于个人财产。他会精心保养这支枪，经常擦拭它、爱护它。一些流动枪械修理队不久前做过枪支清查，共登记注册十七万支崭新的好枪。而在农民手里总共有七十多万支完好的武器，其中包括左轮手枪、手提式机关枪和重机枪。所有这些都属于准备参战的自卫队的自有财产。

那些明天就会成为游击队员的农民们每天劳作之后都会上几个小时的军事课。整个广西省划分为11个游击区。每个区辖有几个县或者村庄。村与村、县与县、区与区之间以及与指挥中心——广西第五陆军司令部之间电话联系非常顺畅。警报一响，每一个农民战士都提着枪来到指定地点集合，游击队则进山里配合国家的正规军从侧翼和后方打击来犯敌军。

妇女同男人们一道行动。有几千名广西妇女接受过军事训练。她们中的很多人拿着枪与男人们并肩战斗。多数妇女被编入辅助性的(战地)服务队——卫生队、伙食保障队、通讯队，以及政工和其他部门。

很多妇女在军校学习。我曾目睹过女子营上野外战术课。那些17至24岁的姑娘们穿着重重的士兵军装顶着炎炎烈日进行长时间山地行军，然后在崎岖不平山地的复杂条件下展开进攻。在上这些课程中，她们表现出极强的耐力、铁一般的纪律性、步枪射击成绩优秀。

当宣布要整合为一所军校时，有一万八千名男女青年递交了申请。总共选拔了四千五百人。在两个月中，学员们每天要在课堂上和野外环境里上10个小时课。每周上一次夜间条件下的野外科目。现在，他们结业之后，分到各个部队，分赴中国各个战场，在军队中从事辅助性工作。但是一旦需要，特别是斗争需要，他们会手握武器成为战士。

今天我第一次接触新安小学的学生们。

早在汉口时人们就多次向我介绍过这些优秀的孩子。他们称自己为"小旅行家"。

1935年10月，淮安县新安小学的孩子们就开始环中国旅行。[①]孩子们提出的旅行口号是："反对日本人占领中国领土，争取中国的自由与平等。"

孩子们给自己确定的艰巨任务是：号召民众起来同企图扼杀中国

---

① 即"新安旅行团"(1935—1952)，这是中共在抗日战争和解放战争时期领导的儿童革命团体，1935年10月10日在江苏淮安新安小学正式成立(15人)并从淮安出发在国民党统治区的很多省市宣传抗日。抗战期间，广西成为"新安旅行团"重要活动基地，直到1941年初撤离广西返回苏北跟随新四军做宣传工作。1952年该团与另外两个文艺团体合并组成"上海歌剧院"。——译者注

新安旅行团少年宣传队的组织者——十三岁的褚济群（后改名为褚群——译者注）

的军国主义者展开斗争。

这些小伙伴们购置一部小型窄胶片电影放映机，便开始了全国之行。他们走了 14 个省，行程一万五千公里，乘坐过各种各样的交通工具：顺路的卡车、篷船、火车，而更多的是徒步而行。他们在农村里把人们召集到一起，给农民们放映电影，组织剧目的演出。他们自编自演话剧、跳舞、讲演、在村庄里张贴墙报、书写标语和宣传画。

1936 年，日本军队侵占绥远省，中国军人奋起英勇抵抗。新安小学的孩子们便作为后方代表前往绥远省，给前线官兵带去了慰问和热烈感激、钦佩的祝词。

这次行程中，他们曾穿过大沙漠。在这里，孩子们在蒙古族人和伊斯兰教徒中宣传同汉族人联合起来反对日本侵略的必要性。

孩子们一路上靠卖报纸和杂志的收入、靠民众观看他们演出购买门票的一点小钱维持生活。有时他们能收到一些自愿捐助款。

战争爆发后，这个年幼的群体投入了抗日战争。他们奔赴各个战场、城市、村庄，把农民集合起来，号召他们参加人民军队，支援前线。他们穿越一个省接一个省，在医院里打工服务。在前线，他们帮助抬运伤员，为士兵们做饭。

现在，他们正在广西，在大山里工作。在广西的各个城市里，几乎每天都响起空袭警报。这时所有人都进山，长时间躲藏在容量巨大的山洞里。早在警报响起之前，新安学校的孩子们在山里就圈出一块地方，挂上宣传画，调好自己的乐器，等待观众。空袭警报响起之后，城市居民便在山中半圆形剧场坐满了，变为观众。

今天我观看并拍摄了这样一部话剧。开始时一个九岁小男孩走出来，做了一番令人激奋的演说。他谈到反对日本军国主义的民族斗争，讲述日军在占领区的兽行，介绍在敌后几百万人奋起斗争的情况。我在中国逗留的几个月内，第一次见到这样有激情、有血性的演说家。这个小孩抓住了几乎所有听众的心。当他结束演讲时，山中峡谷里回响起听众们经久不息的欢呼声。

接下来就是舞台演出。孩子们表演了一部话剧。它的剧情是这样的：在一个日军占领区，小学生们唱革命的抗日歌曲。小学校长是个汉奸，他为日本人做事。校长跺着脚禁止孩子们唱歌，威胁甚至打他们。但是孩子们还是继续唱。没办法，校长叫来一个日本军官。一个身穿军服、装扮成肥胖的"日本人"走上台来。他用马鞭子抽打学生们。孩子们哭了。有个小男孩走到圆场中央，眼睛瞪着日本人，喊道："打倒日本帝国主义！"日本军官从腰间抽出左轮手枪对准小孩说："你喊日本万岁！"小孩接着喊道："大家都来同日本帝国主义做斗争！"日本军官冲着小孩开枪，孩子倒下。愤怒的喊声响彻在观众的上空。小孩子的姐姐跪在孩子面前哭泣。这时，从日本军官身旁走过的一个苦力把水桶放下，拿起扁担用力朝日本军官头上打过去。日本军官倒下，孩子们向倒地的日本人和汉奸校长扑过去，在被真正感动的观众经久不息欢呼声中把这两个人"打死"。

第二个话剧：孩子们穿着各式各样的服装，有工人的、农民的、游击队员的、女农民的、知识分子的、士兵的，翩翩起舞。他们跳的是节奏欢快的"统一战线"舞。一个日本帝国主义者在傀儡的陪同下出现。他们企图扼杀中国人民的精神，用鞭子抽打孩子们，驱赶他们。但是中国人民不断取得胜利。在观众的热烈掌声中，人民军队的战士们把这个日本人和这个汉奸按跪在地上枪毙。

演完这两个话剧后，接下来还有几个节目，其中包括滑稽的"乌克兰舞"。孩子们跳的这个舞跟乌克兰舞没有多少相似之处，但是激情迸发，用脚做出"八"字形的奇怪动作。

所有这些节目都是在山里不大的广场上演完的。空中再次传来发动机的轰鸣声。演出中断。演员和观众们快步跑进山洞，在那儿望着空中。远处传来炸弹剧烈爆炸声，日军在轰炸城市。

在广西一路上经常遇到上前线的男女青年大学生队伍

桂林市民躲进山里，日军在轰炸城市

飞来了……

发动机的噪声远去了，小宣传员们再次走到广场中央，周围又坐了几百人，激动地听着孩子们发出的激情洋溢的呼吁，呼吁人们同民族仇敌展开无情斗争，为中国人民的自由和独立而战斗。

武汉陷落之后，桂林作为广西主要城市，成为重要的文化中心。众多的艺术家、新闻记者、作家来到这里。今天，通过人们介绍，我认识了中国当代大作家之一郭沫若。他是早在 1920 年就团结中国文学最革命力量的文学学社"创造社"的理论家。

郭沫若是小说家、文艺评论家、翻译家。高尔基、列夫·托尔斯泰的很多作品是他翻译成中文的。一个时期郭沫若被迫离开中国，流亡到日本，在那儿结婚。当战争爆发后，他抛弃家庭，回到中国。他在自己的一本书中是这样描写回国的：

> 今天是礼拜，最后出走的日期到了。昨夜睡甚不安，今晨四时半起床，将寝衣换上了一件和服，踱进了自己的书斋。为妻及四儿一女写好留白，决心趁他们尚在熟睡中离去。连最小的鸿儿①，我都替他写了一张纸，我希望他无病息灾地成长起来。我又踱过寝室。儿女们纵横地睡着，均甚安熟。自己禁不住淌下了眼泪。我在安娜额上亲了一吻。她睁了一下眼睛。我悄悄地走进花园。清晨的有凉意的空气中，栀子开着洁白的花，漾着浓重的有甜味的香，尚在安睡。我心太狠了，但我除走这条绝路之外，实在无法忍耐了。我自己现在所走的路，是唯一的生路。车站上有很多准备出征的部队。车中也有不少的军人……下午五时半我们到达神户。我转乘轮船。我平生第一次坐头等舱，有如身入天堂。但是，家中妻子和儿女，此时怕已堕入地狱吧？船终

---

① "鸿儿"即郭沫若与日本妻子佐藤富子（郭安娜）在日本生的最小儿子郭志鸿。——译者注

竟离岸了……我要回国战斗。①

郭沫若回国后立即积极地开展抗日活动。在集会上、在群众性会议上都能看到他的身影。他向士兵发表讲话，上前线，为抗战写文章、短篇小说、诗歌。他身着军装，有将军衔，领导着军事委员会政治部宣传厅。在他消瘦的脸上，透过眼镜，一双眼睛炯炯有神。他话不多，思维敏捷，在军界享有很高声望。

他说："我们中国作家现在无法写宏篇巨著。我们同全国人民一道，积极开展斗争。它贴近斗争中的人民群众，使我们能积累更丰富的材料用于胜利后进行广泛深入的文学创作。"

晚上，我们在桂林的一条主要大街上很难行走，车也开不了。在路口有全市唯一的电影院，那里人山人海。影院大门的上方挂着伏罗希洛夫②微笑着检阅军队的巨幅画像。

伏罗希洛夫头顶上飞机翱翔，脚下则画着重型坦克、大炮、战舰。

桂林市第一次上映苏联电影《假如战争明天爆发》。电影票早上就已售完。有几名警察认真地维护影院前的秩序，几百人在撞击着影院大门。在放映大厅，每个凳子上坐两个人，过道上都站着和坐着观众。灯熄灭了，影片是俄文的。在大屏幕旁有一个小屏幕，上面投放用中文写着字幕的幻灯片。

当屏幕上斯大林同志出现的时候，大厅里响起第一轮暴风雨般的欢呼声。然后，影片放映中不断响起经久不息的掌声和欢呼声。在展现出红军的武器装备、消灭敌人的场面时，场内沸腾起来。

---

① 见郭沫若于 1937 年 8 月 1 日写的回忆文章《由日本回来了》（选自《郭沫若全集》文学编十三卷，人民文学出版社 1992 年版），作者援引的这一段个别地方与原文有出入。——译者注

② 克·叶·伏罗希洛夫（1881—1969），苏联元帅，1934 年起任苏联国防人民委员（国防部长）。——译者注

这个影片很老旧了，经常断片，话音不太清楚，画面发暗，但是尽管如此，放映效果非常好。

中国观众非常喜欢苏联电影。几百万人看过《夏伯阳》《我们来自喀琅施塔得》《沃洛恰耶夫的日日夜夜》《彼得大帝》《波罗的海人》《马戏》《列宁在十月》等电影。

非常遗憾，所有苏联电影此前进口到中国只有一部正片，它到处巡演，直到胶片彻底烂掉。但是，相比有明星参演、话音良好、毫无内容的美国电影，观众更喜欢苏联的老旧影片。

中国观众对苏联的纪录片，尤其是展现红军强大的纪录片，极为感兴趣。经常出现这样的场景，电影院里上映着美国当红电影，但是影院建筑物正面墙上挂着的巨幅海报不是这部美国影片的，而是列入放映计划的苏联发行的三百米长纪录片大海报。

距电影院不远，有一个该市主要剧院。今天这里举行着青年业余演出音乐会。观众们静静地听着肖邦的小夜曲。演奏者是一个年轻人，他穿着军装，半闭着眼睛，剃着一头短发的脑袋紧贴着小提琴。这把提琴他走到哪带到哪，即使在行军时也琴不离身。小提琴手演奏完后，中学生和大学生合唱团演唱了中国抗战新歌。这些表现人民斗争和苦难的歌曲时而舒缓、悲戚，时而奔放、激昂。儿童合唱团唱的游击队歌曲"呀嗨"声音洪亮。

　　我们是游击队员，呀嗨！

　　保卫自己的祖国，呀嗨！

　　我们是庄稼汉，呀嗨！

　　谁愿意当奴隶，呀嗨！

　　赶走日本人，呀嗨！

　　自由又快乐，呀嗨！

剧场里座无虚席，掌声雷动。透过敞开的窗子，这支歌飘向人群鼎沸的大街上。一队穿着军装从剧场旁边走过的广西青年跟着和声道："自由又快乐，呀嗨！"

我要离开广西了，要沿着长江两岸跋山涉水去重庆。

一路上直到贵州省界，我经常能见到一队队的青年大学生，他们全副武装上战术课、练射击、搞演习，进行着打仗准备。

公路延伸进入贵州山区。有时云彩就在脚下深处飘荡。公路是几年前修建的。在高高的峭壁上建立了一座石碑。这是此条公路建设者纪念碑，纪念那些死于中暑、疾病和塌方的工人们。

这些大山蕴藏着无穷无尽的宝藏。有一个农民身上背着一筐亮晶晶颜色发蓝的煤。煤层从地下往上聚积，在地表上显露无遗。

早晚有一天，这里炼铁炉将浓烟滚滚，载着矿石、煤、钢铁的火车风驰电掣般地沿着隧道行驶，山上的瀑布将为电站的涡轮机组发电。而现在，这些上千万吨储量宝藏中的煤却在烧毁着用原始铁犁耕地的穷人那简陋的房子。

又来到一处边界，我们就要告别贵州，从灰蒙蒙的云雾绕山崖之地向盛产水果的四川盆地进发。一路上果园很多，一望无际的稻田笼罩在翻腾的浓雾之中。我们从长沙出发已经行驶了两千公里。通向长江岸边的公路很陡峭。转过一道弯，中国的战时首都重庆出现在眼前。这是斜垂在长江边的一座城市，是蔓延在一座座山岗上灰蒙蒙的大城市。

第六章　在重庆过新年

例行记者吹风会正在举行。这种吹风会有时进行得很热烈。军令部的权威代表通报完情况后，都要向他提出一系列问题。外国人竭力想从他这儿套取更多轰动性的"新闻"。

这位将军开始讲话了："我们为什么要来到后方？有些人将此解释为因为在前线失败，是退却……这不对！中国所有武装力量现可分为三部分：一部分在前线作战，另一部分我们将其投入到敌后，其余部分我们组织它们在自己的后方训练。

"我们已进入战争的第二个时期。我们已在迁移到中国西南地区的工业企业中制造武器，现在正在制造轻武器，例如，机关枪。目前正在打仗的地方，重型武器用得比较少。

"目前已有二十五万伤愈士兵离开医院归队。

"现在对我们来说，商品供应不是问题。今年庄稼大丰收。士兵们有肉、有鸡吃。"

12月26日在重庆市内汽车很难行驶。在大街上、在路口，一队队的孩子们举着手，拦住去路，让停车，征收现金"军税"，用于保卫中国之需。

每期《新华日报》的价格也在飞涨。平时过一条马路要交五文钱过路费，现在要向出售这份报纸的孩子们付几个美元。①

"支援前线宣传周"就这样拉开了序幕。

剧院的演员们穿着盛装走上广场和街头。青年乐队邀请过往行人高唱革命战斗歌曲。行驶的汽车散发着传单。

晚上，人们都排成队，举着火把，提着灯笼，走上街头。五颜六色的礼花飞向空中。几万人走在大街上，高举着号召彻底消灭日本侵略者的标语。上街的有工人、职员、商贩、大学生、妇女、儿童。

新年前夕，重庆的大街上很安静。只有从外交使团和"国际俱乐部"那边不时传来音乐。音乐声中掺杂着震耳欲聋的爆炸声。这个城市对这种每时每刻都有惊天动地响声习以为常，因为人们在峭壁上开凿着用于防空的深洞。

晚上，到处流传着汪精卫发表卖国声明的消息。

《新华日报》写道："汪精卫发表叛国声明，从而把自己打入中国人民卖国贼名单之中。汪精卫建议同日本进行和平谈判，他正在与侵占我国领土、破坏我国独立、屠杀我们儿童、强奸我们妇女的敌人进行勾结。"

"汪精卫赞同与日本人建立'友谊'，给他们在内蒙古和中国重要城市驻军权利，把中国变成日本殖民地。他借口与日本开展经济合作，企图让中国经济上完全依附于日本，把中国变为日本殖民地。

----

① 当时中国通用民国政府发行的"法币"，一元法币等于一元银圆。——译者注

国民党中央执行委员会决定开除汪精卫党籍，必将得到全中国人民的支持。这个决定对汪精卫之流是一个及时的警告。我们相信，为了根除此种叛变行为，我们要大力加强抗日战线，巩固内部团结，增强国家实力，确保将汪精卫的主子——日本军国主义者早日赶出中国去。"

1月1日晚上，重庆市大街上聚集了几千人，还有一队一队的青年人。游行队伍举着火把，唱着战斗歌曲，高喊着口号："打倒向敌人出卖良心、出卖我们鲜血的无耻民贼！""同敌人全力展开斗争！"

游行持续到后半夜，城里交通全部停止运行。

重庆这座大城市几乎总是笼罩着潮湿的浓雾。

这个冬天已经多次响起空袭警报。居民们都能听见飞机发动机的轰鸣。由于大雾的影响，日军飞机找不到目标。

警报响了两次，难道飞机又来了？

第一次警报响过之后，人们赶紧跑向最近的防空洞。黄包车和轿式小车加快了奔跑速度。二十分钟后，当第二次警报响起时，警察开始阻拦通行，街上渐渐空了。每个人都在能来得及躲避的地方，等待自己命运的抽彩：赢了，就活下来；输了，就死去。那些没能在防空洞躲起来的人，拥有的机会都一样：日本人不加区分，一律轰炸。大家都知道，城市里没有军事设施，那么这种空袭的主要目的就是"精神作用"。

首都已经人满为患，人口达到近一百万。城市里儿童、学校很多，防空洞目前还很少。城市毫无防御。城区面积大，居民们无法快速地撤到城外。城里甚至没有国际租借区和外国租界。而且我想，日本人也将对"外人"，甚至大使馆进行轰炸。

昨天早上，雾渐渐散去，而到中午，警报就响了起来。电话通知我们说，有二十七架重型轰炸机朝重庆飞来。

人们在死一般的寂静中，一动不动地愣在那儿听着。

最不忍心看着孩子们。在我们院子里，他们整个就像一群叽叽喳喳的小鸟。他们是我的小朋友，都穿着一样的蓝色袍子。附近没有防空洞，没地方让孩子们隐避起来。他们聚成一团，紧偎在石头墙下，也在听着动静。他们对危险性一清二楚，睁大的稚嫩双眼中流露出在即将到来的残酷死亡面前那无望的恐惧。

"飞机来了！"

起初是遥远看不见飞机的隐约隆隆声，接着轰鸣声越来越大。很快在头上就有五十四台发动机轰轰作响。透过一层模模糊糊白烟，根本看不见飞机。但是日军把这座大城市、这座靶场的轮廓看得清清楚楚。

就像一阵台风刮过，把高高大树连根拔起那样，突然间飓风呼啸而来：这是炸弹在地上爆炸了。第一波雷鸣般的轰炸就命中了邻近的街区。人们跌倒在地上，相互搀扶着站起来。第二波、第三波、第四波，爆炸的冲击波再次横扫大地……

高射炮透过浓烟不停地朝一些看不清楚的目标点开火。突然高射炮都不作声了，接着又在发动机轰鸣的地方，再次响起开火的节奏。这是战斗机的发动机。它发出的声响如同狂暴的哀号，盖过机关枪密集射击的声音。

如同过去一样，一切都被浓烟遮盖。在天空中正进行着空战。中国航空大队的战斗机向日军战斗机发起攻击。

空战在城外的上空进行。警报长时间没有解除。

根据官方的统计，在这次轰炸中，死亡近四百人。在长江南岸击落一架日军轰炸机。日方向重庆投掷了五十多枚炸弹。

今天，人们继续从房子的废墟里挖出残缺不全的尸体。死者中有很多儿童。

今天的报纸报道了详细情况：一枚炸弹落在一所公共食堂，当时里面坐满了建筑工人、码头工人、苦力。这枚炸弹炸死了四十人。在市中心一家手工业作坊一间拥挤的屋子里炸死了六十人。

　　除重庆市外，日军飞机昨天还轰炸了随县、潼关和南阳市，投掷了一百多枚炸弹。

　　昨天的空袭是日军对中国新首都的第一次空中打击。

　　今天早上得到消息说，总共六十架日军轰炸机朝重庆飞来。但在中途遇上浓厚的云层，折返而回。

第七章　在广东

　　在中国南方，冬天就意味着灰蒙蒙令人抑郁的天空，没完没了的潺潺细雨，坑坑洼洼的泥路。一句话，天气既不适合拍摄，也不适合飞行。我们在这样的季节穿过广西和湖南。我们认为，再苦再难的事情莫过于冒着大雨、站在没膝的泥里更换毁坏的摄像机镜头。

　　连日的倾盆大雨淹没了稻田，农民们在齐胯深呈咖啡色的水中催赶着懒惰的水牛。这些牛拉着犁，但犁几乎深陷泥中看不见。

　　从衡阳出发，我们沿着南向的公路驶往广东省。三个月前，日军从武汉南下，沿着铁路展开进攻。衡阳是个大的铁路枢纽，这里的老百姓已经感觉到城市正位于接近前线地带。但是，日军在占领岳州（岳阳）之后，并没有向前推进一步。而在最近，由于天气不好，甚至停止了对衡阳的轰炸。这座忙碌热闹的城市又恢复往日景象。

夜晚，大街上点亮了乳白色带灯丝的圆灯。一个警察严厉地举起手，拦住两辆载客飞奔的黄包车，以便让一辆疾驶如飞的卡车通过，而过往行人则打开雨伞，眯起双眼，挡住迎面溅起的脏泥，紧贴着墙根行走。这些司机是一帮不顾死活的人。他们根据多年的实践坚信，在现代化的汽车里，有一个完全没用的部件，那就是刹车闸。因此，一切活物都要让路、躲到一旁，给这股轰轰作响的飓风让开路。

傍晚，在距广东省界不远处，我们发现一处很罕见的名胜古迹。在公路一侧，有一座寂静的小城市。在整个战争期间从未遭受过空袭轰炸的这样的小城市在中国屈指可数。我们在这里停下准备过夜。我们行走在一条狭窄的街道，两侧是一排排店铺，那里静悄悄地出售着洋铁制作的生活用品，都是来自大国的倾销便宜货。

在石头门楼下面一个不大的杂货市场里站着一个闷闷不乐的警察。他在这里，在这个中国梦幻般的小世界里显然无事可干。

但是，阴沉沉的云层渐渐散开，阳光温情地照射在明亮质朴的洋铁器上，闪出金色的光芒；照进一家古老工艺品店狭小的窗子里。这家工艺品店从早到晚铆制银镯和新生儿用的小吊坠。春天里，同阳光一道来的，还会有日军的飞机，它们会摧毁这座小城市，在石头门楼下杀死那个警察和那个制作工艺品的老头儿。洋铁和模压银器碎片会与尘土弥漫、血肉横飞混杂在一起。一般来说，中国所有寂静的村庄和城市都是这样卷入战争的……

在一个地方，界桩一闪而过，我们已经来到广东省地界。广东是中国革命的摇篮，孙中山的故乡。公路有时与粤汉铁路齐头并进。铁轨上飞驰着货车和客车。日本人为了阻止交通运行，什么招数都使了出来。由于中国铁路工人的顽强和勇敢，日本人的图谋才没有得逞。

日军飞机守候在火车行进的路上，俯冲，用机枪扫射、轰炸。但是火车竟能按时刻表到达，不晚点。火车所有被打坏的地方能迅速地修好，炸坏的铁路能很快接通。

一座座高高的山口始终密云缭绕。在这样的白云中行驶，不得不一慢再慢，以避免车子打滑滚下悬崖。过了几道山口之后，便是一望无际的辽阔平原。在平原上，公路笔直，连同路边的田野一直伸向天边。在天边的蓝烟里，又展现出一块块梯田。

广东的景色是中国、阿斯土里亚斯①、高加索②景色的结合体。现在是三月初，所有边边角角的地方都覆盖着绿色。在公路的上方，长满玫瑰色绒瓣的梅花伸出枝头，梨花也在绽放，公路边的灌木开出紫色的花瓣，棕榈树也鲜花盛开。还有许许多多从未见过的鲜花从遮满山坡的绿色中展露自己娇艳的花蕊。有时公路一下子钻进茂密的松树林。走着走着，你会觉得很奇怪：是一种什么样的力量把莫斯科郊外巴尔维哈③的一块地儿搬到了中国这个热带地区。

山谷中有条河一直流到广州。河上慢慢地划过一只只篷船，有大船，也有小船。一个人或者几个人用长长竹竿触到河底，竹竿的另一头，如同步枪的枪托，顶在人的肩上。人弯着腰，在船的甲板上从船头走到船尾，嘴里唱着一些悲伤的小调儿。有一些篷船要由纤夫在河岸上牵拉。

乐昌市作为一个铁路枢纽站，遭敌军轮番轰炸，被彻底摧毁了。在城市旁边，建起一个大村庄，里面是一座座像狗窝一样的小房子，它们是用烧过的铁皮、木头箱子、竹棍子匆忙搭起来的。在这些窝棚里栖息着失去房子的城市居民。但是铁路枢纽站还在运行着。调车机车不停地鸣笛，缓冲器发出叮叮当当的响声，衣着肮脏的板道员对着喇叭喊叫着。

---

① 西班牙的一个省。——译者注

② 高加索为俄罗斯濒临黑海的山区。——译者注

③ 巴尔维哈是莫斯科郊区一个疗养胜地，那里松林蔽天，气候宜人。毛泽东主席 1949 年年底访问苏联时在那里短时间停留过。——译者注

广州陷落之后，广东省政府迁到韶州。① 这是一个不大但很漂亮的城市，散落在江岸上，城里铺着沥青路面。

韶州很大一部分居民住在河上。大大小小的篷船都是住房，里面有厨房，有一大群孩子。在河上，大部分篷船都有自己的地址。邮递员毫不费力地就可以把邮件送到这里。而在我们下榻的篷船上甚至有电话。当篷船停泊时，电话就可以并入城市电话网。空袭警报一响，这个几千艘船的小舰队一齐起锚，顺着河或是向上游或是向下游疾驶，直到警报解除。发空袭警报时，人们起初是敲钟报信，后来由一个人站在河岸高处对着大喇叭拉长声调高喊："六架日军飞机在二千米高空向北飞来！"

过了 10 分钟，这个人又喊起来："飞机已经飞过（什么）地方了，现在继续向北飞！"

然后他又通知说："飞机离市区还有 50 公里！"

一般每天早上开始时会出现一架飞机，这是观察天气的侦察机。这架飞机在广东上空，也包括湖南和广西的部分上空飞过，然后就折返。接下来视天气情况，轰炸机大队从南部基地起航，在华南上空向北飞。

广西对迎击日军进攻做了充分准备。广东省也大致如此。在日军可能进攻的沿线，所有公路、铁路全部毁掉。我们亲眼看见，在前线一个地区，几支铁路工人队把铁路线上的铁轨都拆掉。他们认真地把每一个螺母、每一个螺钉都卸了下来。然后，把铁轨挪开，再把枕木掀起，把电话线杆抠出。电线、电线杆、铁轨、枕木等连同机车车辆一道全部运往遥远的后方。为了不让日军把留下来的铁路路基当作公路来使用，就把路堤挖成一个个深坑，把桥梁炸掉，把隧道阻隔起来。

---

① 韶关市，韶关古称韶州。——译者注

广东的游击队员

在广东前线冲锋

广东的游击队战斗中缴获的日军大队的队旗

广东人把路轨、枕木、螺丝、螺母统统都运到遥远的后方，什么都不给敌人留下

香江的傍晚

韶州的很多穷人都在河上生活，小船就是他们的家

所有这些工作都是在农民老乡的积极帮助下、在村防游击队护卫下完成的。在广东省这些游击队就是"不脱产"的农民军。

广东省在培训游击队方面借鉴邻居广西的模式。广西很早就开展了军事训练。在广东省，这项工作开展的时间不长，但在很短的时间里，已经把几千农民武装起来。如果敌人逼近他们的家园，他们就准备同敌人展开游击战。现在，游击队已经在距广州市几公里的地方作战。

一位从广泛开展游击运动的广东南部地区来的游击队年轻指挥官对我讲了很多有趣的事情。

在日军一支伞兵部队空降之后，负责护卫广州——九龙铁路的部队陷入敌人大部队的包围圈。他们没有缴枪投降。在表面上被敌人占领的地区，他们开始了游击战，那里共有三千名中国士兵归游击队温队长指挥。

江河沿岸地带的自然条件对开展游击战不太有利。那里没有可作天然屏障的茂密丛林。有利的条件是，所有士兵早在开展游击战之前就在这个地方驻扎了一年多，熟悉这个地区，温队长本人就是此地生人，了解每一条小路，在农民老乡中享有知名度，深得信赖。在开展游击战期间，游击队的中坚力量补充了两千名来自当地农民的新战士。农民们给游击队供应吃的、穿的以及其他必需品。弹药问题很突出。解决这一任务只能通过斗争手段，即从日军那里缴获子弹、机关枪、子弹带、手榴弹、步枪、防毒面具。

日军只是占领了位于公路线上的城市。远离公路的所有村庄和小城市则完全控制在游击队手里。

从日军空降伞兵部队展开军事行动第一天起，老百姓与军队之间就建立起密切联系。10月是收割庄稼的季节，这些天大部分老百姓离开了自己的村庄。留下来的人无力抢收稻谷。日军飞机在空中飞来飞去。人手不够，士兵们赶来支援农民。一半士兵负责阻击敌人，另一半士兵去收割庄稼。那些与敌占区紧邻田地里的稻谷，只能夜里去收割。当日军赶来时，已找不到一穗稻子，庄稼全部收割完毕。

在持续不断的斗争中，这种友情日益巩固。农民们经常在敌占区侦察敌情，交出汉奸，掩护游击队的狙击手，采取一些破坏性的行动。日军战术的基本点就是巩固占领区交通线。游击队把打击的重点放在增城至惠阳的公路。

当地居民向游击队通报说，在公路线的一处小地方，日军聚集了一个警备队，共有400人，6门大炮。傍晚，在夜幕降临之前，游击队向这个警备队突然发起攻击。日军仓促迎战，所有的机关枪一齐开火。游击队在自制的原始火炮里装上火药，向400米处的目标开了几炮。日军借着施放毒气升起的浓烟，匆忙戴上防毒面具。游击队在烟雾掩护下，端着刺刀冲锋，展开了白刃战。日军坚持不住，开始后撤。游击队缴获的日军六挺机关枪派上了用场，追着狼狈逃跑的日军扫射，共打死几十名日军。有4门日军大炮被摧毁，游击队缴获大量武器弹药和军服。

在南头①日军开始组建所谓的"地方秩序维持会"。为庆祝成立这个维持会，日军在城里隆重召开大会。在"庆祝活动"进行当中，城墙外面枪声大作。游击队把城市团团包围并开火。为避免同数倍敌人在无掩蔽战斗中遭受更大损失，游击队仅开枪声张一下，便消失在田野里。他们以此来搅乱日军搞这个庆典，警告日本人，在中国"维持秩序"没那么容易，麻烦大得很。

日军经常从南头向农村出击，以搜寻吃的东西。在一个村子里，30名游击队员设下埋伏。日军在进村之前先放一通枪。埋伏的人按

---

① 南头在20世纪为广东省宝安县县城所在地（深圳市前身），抗战期间东江游击纵队总部驻扎在南头城附近。——译者注

兵不动。当日军牵着抓到的牲口离开村子时，游击队员包围了日军并向他们开火。在这场战斗中总共打死 20 名日军士兵和一名准尉小队长。

每遭受一次这样的失败，讨伐队就要来烧掉几个村庄，枪杀一些人。幸免于难的人跑来找游击队。游击队充分利用一切方法和手段，运用各种可能的招数，又准又狠地打击敌人，用突然袭击使敌人不敢轻举妄动。

例如，11 月 19 日早上游击队得到情报说，有八辆满载食品和汽油的卡车离开南头前往惠阳。大白天袭击有重兵护卫的敌人车队，意味着会遭受失败，或者即使得手也要付出重大代价。下午两点，卡车队及随车护卫的日军行驶到一片稻田，稻田里有几十名"妇女"在翻地。突然，"妇女们"用步枪和机关枪向卡车队开火。游击队员们还未及脱下裙子、摘下头巾，就弯着腰向卡车扑过去。只有两辆卡车得以逃脱，其余六辆车连同日军士兵全被消灭。

日军指挥当局决定根除游击队的活动。当南部前线呈现暂时的平静，日军共一万多人在大炮、飞机、坦克的支援下，向惠阳、平湖①和南头的游击队发起进攻。游击队占领的地区被敌人重兵围得插翅难飞。

激烈的战斗持续两昼夜。日军志在彻底消灭游击队力量，而游击队竭力要突破和冲出包围圈。在这次战斗中，共有 500 名游击队员被打死。日军的损失也不小。游击队在战斗中抓获一名日本军官——准尉溝国。11 月 25 日夜里，游击队的队伍冲破敌人防线，跳出包围圈。

日军对游击运动蓬勃发展深感不安，在其占领区开始对居民实行"怀柔"政策。他们在县城和村庄里扶持傀儡政权，号召居民放下武

---

①　平湖是 20 世纪距宝安县南头城 50 公里左右的铁路枢纽站，现成为深圳市区一部分。——译者注

器，返回家园；允诺停止使用暴力和迫害，答应实现和平与安宁。然而实际上，恐怖从未停止过。

在广东省104个县中，日军占领了5个县，而且还不是全部占领。在这片不大的领土上，几个月里就杀害了几千人。如果把在其他县里因轰炸死亡的人数算进去的话，那么就可想而知广东人为什么充满着战斗到最后胜利的决心。

第八章　中国妇女

今天是 3 月 8 日国际妇女节。全中国都积极庆祝这一节日。

现代中国妇女是个什么样子呢？她有时是完全意义上的战士：一身戎装、肩扛步枪、头戴钢盔。有时她是鼓动家，向人们发出奋起斗争的豪言壮语。

妇女在呓语连篇的伤兵床头度过多少不眠之夜。她们来到遥远的小山村，把农民召集在一起，向他们宣讲要多把稻谷卖给在距村子不远山地作战的那个师。

我们在湖南省一个小城市见过一位妇女。她在仍然冒烟的废墟旁静静地坐着，怀里抱着一个已经死去的孩子。她沿着中国尘土飞扬的马路走着，身上背着自己一点点完整的家什。

她遭受毒打、强奸、折磨。她去了山区，手握武器向企图夺走她的房子、土地、家园、生命的敌人复仇。她披星戴月地用铁锹在那一小块儿地上耕耘，这小块儿地的主人是她的丈夫，他已参军。

这就是中国妇女，这样的妇女有几百万，她们走上本国人民展开的伟大斗争之路，或者投入伟大斗争的暴风骤雨中，牺牲了自己的亲人、孩子，有时是自己的生命。

有几万名妇女在前线工作，她们是政治工作者、临近前线地区居民组织员、部队保障供应和救助伤兵的组织工作者。她们张贴墙报、绘制漫画、组织群众集会、在农村和部队举办文艺演出、安排士兵们给家乡写信、整修公路、动员农民参加游击队、教授他们军事科目。

这是庞大的、艰巨的、繁重的工作，需要强大的耐力、顽强、勇敢。妇女们生活在严酷的环境里。她们经常在露天的、光秃秃的地上宿营，每天除了一碗米饭外，几个星期吃不到别的东西。她们同全团、全师人一起完成长途、艰苦的行军。

在中部战场，我能经常观察到政工人员的工作。我看到过政治工作队的姑娘们跟随自己部队在路上行进的场面。她们早已疲劳过度。姑娘们的脸由于劳累和挂着路上的尘土呈灰色，就像石头一般。她们艰难地挪动穿着平底鞋满是创伤的双脚，每天要走几十公里。有时政治工作队要走在队伍的前面，以便召集老百姓接待士兵们、安排宿营、采购吃的东西。

大部分姑娘们是在战争爆发最初几个月来到这些队伍的。当你问到她们的家庭状况时，她们都会摇摇头："我不知道……，最后一封信我是 5 月在汉口收到的……"

她们或者垂下眼睛，讲述起当游击队员的哥哥被枪杀、年迈的母亲被折磨致死、空袭时弟弟被炸死。她们讲起充满真正英雄主义的忘我工作时，没有任何的炫耀和吹嘘。

现在可以谈谈中国广泛开展的妇女运动。早在 1915 年 5 月日本向中国提出二十一条时，妇女运动就开展起来了。在民众举行的声势浩大的抗议运动中，中国妇女那时就第一次积极地开展了活动。

在接下来革命风起云涌的岁月里，在人民为争取中国独立而展开斗争的年代，成千上万的妇女投身到政治运动之中。满洲事件[①]和开始现代民族解放战争把中国妇女推到战火的第一线。

今天，中国妇女已经不用为自己在国内政治生活中的平等而奋起斗争了。她们已经赢得了这种平等。现在她们正在同男人手携手为祖国的自由和独立而斗争，有时还为男人们作出自我牺牲和英雄主义的表率。

很多妇女的名字在中国家喻户晓。

女作家丁玲是被日本人处死的进步作家胡也频[②]的遗孀。现在她在"特区"[③]领导着一支政治工作队，并在八路军战斗的前线积极地工作着。

女作家胡兰[④]在抗日战争爆发后的最初几周便组织一支姑娘队上前线，在军队中开展政治工作，救治伤兵。这支队伍日益壮大，目前在她的领导下继续在前线做政治工作。

全中国和全世界都知晓赵老太[⑤]的名字，她是著名的游击队员赵侗[⑥]

---

① 即九一八事变，1931 年 9 月 18 日日本侵占中国东北。——译者注

② 胡也频（1903—1931），福建福州人，1930 年加入"左联"，被选为执行委员。1931 年 1 月 17 日被国民党逮捕，同年 2 月 8 日被杀害（本书作者在华期间正值中国建立了抗日民族统一战线，故其有意回避胡也频是被国民党杀害，改称胡被日本人处死）。胡也频曾著有长篇小说《到莫斯科去》。——译者注

③ "特区"即陕甘宁边区，这是苏联当时对陕甘宁边区的叫法。——译者注

④ 即女作家胡兰畦，全国抗日战争爆发后，她成立了上海劳动妇女战地服务团奔赴抗日前线从事宣传教育和救护工作。——译者注

⑤ 赵老太即赵洪文国（1881—1950），辽宁省岫岩县人，满族。九一八事变以及抗战全面爆发后参与组织创建了辽南"少年铁血军"、河北"国民抗日军"、河南"太行山光复军"、"晋察冀游击纵队"，被誉为"游击队之母"，在对日作战中使用双枪，故又被称为"双枪老太婆"，抗战期间在海内外很有影响。——译者注

⑥ 赵侗（1912—1939），辽宁省岫岩县人，九一八事变后率众抗日，曾任辽南"少年铁血军"总司令，敌后"辽南政府"总裁，八路军晋察冀军区五支队司令等。1939 年 12 月赵率部在河北省灵寿县慈峪镇附近遇袭身亡。赵侗曾著有《东北义勇军》、《抗战七年的经验教训》、《反内战宣言》等书，当时在国内外影响较大。——译者注

的母亲。

电影女演员、女作家和画家王莹是"中国剧团"组织者和积极分子之一。这个剧团在中国走了几千公里。这位著名女演员改换了中国电影明星的身份，将高额演出酬金都用于在农村、城市和人民军队中开展艰苦的宣传工作。这支剧团的成员都是演员、剧作家、音乐家和画家。他们都把演出挣的大笔资金奉献给了"武抗基金会"，自己仅留下用于吃、住、行的费用。我在桂林认识了这位谦虚的美女。她的剧团现在还在广西活动。

她请求说："哦，您如果可能的话，请向你们伟大国家的妇女姐妹们转达热情的问候。我们中国妇女为战胜敌人，准备献出自己的全部力量。我们一定会取得胜利！不可能有别的结局！"

谈起"中国特区"（陕甘宁边区）和八路军中工作的妇女所建立的功勋和自我牺牲精神，全中国都赞叹不已。

那里的妇女替代男人在后方从事繁重的工作，在农村和城市里巡逻站岗，成立了缝洗队、支援士兵家庭队。她们同英勇的战士们肩并肩地在火线上工作，参加游击战。

成千上万的妇女在这场斗争中献出生命。很多人被压死在自己房屋的废墟中，或者被占领者枪杀和折磨而死。不少妇女手握着枪在战场上牺牲。

毕业于南京金陵大学的年轻姑娘陈自兰① 穿上农妇衣服，奔赴敌后开展游击工作。日军抓住了她，她拒绝提供证词，战地法庭判处她死刑。她在牢房里用自己的鲜血在墙上写下"抗战到底"后自缢而死。

---

① 陈自兰（1917—1938 年），湖北武昌人，国民革命军谍报员，被捕后，日本报纸发消息称其为中国的"玛塔·哈丽"（一战期间荷兰籍美女双面间谍，1917 年被法国处死）。——译者注

　　上海抗战爆发后不久，在太湖（位于浙江省西部）岸边成立了几千人的游击队。指挥这支队伍的是一名妇女①。游击队不断给日军以沉重打击。在同这名妇女指挥的游击队作战中，日军遭受重大损失。这名妇女在 1938 年 11 月 6 日阵亡。在白刃战中，日军用洋刀在她身上砍了八刀。

　　战争在继续。成千上万的民众站起来，成为战士。与战士们并肩前进的是中国妇女。

---

　　①　即浙江西部太湖沿岸游击队领导人蔡一飞。蔡一飞（1909—1938），女，江苏海州人，曾为"绿林"强盗，绰号"金花"，因抢劫入狱。抗战爆发后出狱拉起3000 人队伍打击日军。其英勇抗日事迹在其生前多有报道。——译者注

第九章　这就是事实

在湖南、广东、湖北未来得及撤离的老百姓忍受饥饿和困苦。日军保障自己部队的供给也非常艰难。这是一项不轻松的任务。因为道路都已被撤离的中国军队和当地民众扒掉，而粮食运输队经常遭到中国游击队袭击。商贩们都没打开自己的店铺。

根据日军指挥当局的命令，老百姓要把自己手头的钱全部交出，兑换成在华日军发行的"军用手票"①。

面对民众自发的风起云涌的反抗，在华日军当局自己散发的材料描绘了日军指挥机关惊慌失措的窘况。这些材料就是日军告占领区民

---

① 抗日战争全面爆发后，日军在华发行"军用手票"（简称"军票"），以此在华抢购物资，并强迫占领区中国民众将手中的银圆和民国政府发行的法币兑换成毫无价值的"军票"。——译者注

众书。这些呼吁书用中文印制，一般都在大街上张贴。第一份呼吁中讲道：

> 关于居民返城和开张店铺，鉴于日本皇军在该城驻扎和开始在城内清剿中国人民的敌人，因此，日军与民众合作时不要逃离我们，而是要尽快返回我军驻扎的城市，开始买卖活动。

驻西安市日军大队司令官①

1938 年 11 月 8 日

在该市张贴的第二份呼吁书主要讲把民众手中的中国银圆兑换成日军货币。该呼吁书的第一段中讲道：

"日军发行的纸币是你们最好最值钱的货币，这些钱币不能与中国军阀们发行的坏钱同日而语。"

"坏钱"的拥有者们在读到呼吁书第二段时可以看到用这种"论据"到处鼓吹的话："你们要是拥有日本军用手票，可以购买你们必需的所有物品：大米、食盐、面粉、火柴、香烟、白糖和其他商品。"

接下来第三段讲的有点儿令人心凉，并且对前几段做了实质性的修正：

"现在，日军正修补和恢复蒋介石军队毁坏的公路。公路恢复之后，将开通运输，运来丰富的商品。"

这就意味着，大米、火柴、白糖、面粉不会很快就有。

在另外一份呼吁书中日本人写道：

> 赶快行动起来，中国货币很快就一文不值了，对此谁也不会白给你们一文钱！

---

① 原文如此。日军这份"呼吁书"有诈，意在动摇中国民心。实际上日军从未占领陕西省和西安市。——译者注

赶快行动起来，现在还可以用 100 元中国钱兑换 60 元日本军用手票！

日本货币是你们真正值钱的货币，你们自己很快就会对此深信不移！

日军宣城（安徽省）警备队司令官

1938 年 12 月 8 日

但是，中国老百姓有自己的主意。人们或者不等日本人修建新的铁路、运来食品这一幸福时刻到来就四下跑掉，或者走上积极开展武装斗争之路，截获载有弹药的日军卡车，攻击粮食仓库，继续捣毁公路，千方百计支援正规的人民军队。

在那座城市，房子墙上四处张贴、标明日期是 1938 年 12 月的"日军"第 4 号呼吁书中写道：

"占领武汉和攻占广州之后，日军可望在近期内把敌人全部消灭。"

似乎一切正常，但是……

呼吁书中继续写道："但是尽管如此，在日军占领的城市中，居民还是无缘无故地外逃，城市渐渐成为空城。出现这种情况是由于居民至今还不理解日军进行这场战争的原因。

进行这场战争是要打击那些奉行反日政策、推行共产主义政策，破坏日本、满洲国、中国之间和平合作的人。

我们的敌人是以蒋介石为首的反日政府和他的武装力量、他的军队。至于良民百姓，众所周知，日本军队及其纪律是高水准的，它尊敬并热爱良民，保护他们的利益和安宁。

鉴于此，军事行动将继续进行，必须尽快巩固后方秩序。所有逃离城市的居民必须立即返回自己的家园，继续从事日常的和平劳动。

若有人恶意散布破坏安定和秩序的谣言，将毫不留情地正法。而如有人向我们报告关于敌人的情报，他将从我们这里得到奖赏。"

从下一段开始，呼吁书平和的口气变成了威胁：

有人如违反下列各项中的一条，将根据战时法律予以审判和枪决：

1）与敌人进行联系和对我军造成危害；

2）向敌人提供关于我军的情报；

3）破坏交通和通信；

4）藏匿武器；

5）抢劫皇军的武器弹药、粮食、马匹和其他物资；

6）拒绝使用日军发行的货币；

7）散布破坏安宁和秩序的消息；

8）纵火和传播有毒物体；

9）损害日本皇军威望的行为。

日本军队

1938 年 12 月

中国人看了这些呼吁书后，对所谓日本皇军的威望不以为然，不顾日军指挥当局的呼吁，没有返回城里去，仍然认为必须"保留武器""毁坏交通""破坏安宁与秩序""搜集情报""截获武器弹药"。换句话说，他们将继续开展英勇顽强的斗争。

第十章　在重庆

　　中国的冬天渐渐过去，重庆迎来开战后的第二个春天。已经有几天酷热难耐，人们对这种湿热苦不堪言。接着就下起瓢泼大雨，然后城市再度浓雾缭绕。若隐若现的一缕暗白色阳光偶尔能透过迷雾照射大地。

　　重庆与全国紧紧联系在一起。你每天都可以遇见刚从最遥远的斗争第一线来到这里的人们。他们还未及拂去一路灰尘，就开始讲述自己对战争的感受。这些人来到这儿都待不长。他们乘坐的汽车都涂上了保护色，用黏泥糊了一层，行驶在重庆喧闹的大街小巷，几天之后，这些汽车便疾驶在公路上各奔东西，赶赴前线。

　　重庆早在战前就开始发展。它被称为通往四川、贵州、云南、西康省的"门户"。现在，当它成为国家的战时首都和政治、经济中心之后，与中国其他城市相比，其发展规模和速度是史无前例的。市内正在建几十栋新楼房，铺设新马路，扩大和整修自来水系统，新的电话自动交换站已投入使用。

战争不仅没有摧毁四川的经济，相反，拉动了它的发展。随着工厂大量搬迁到这里，需要原材料，需要对四川省自然资源的加工。战前，丰富的煤炭和钢铁矿藏没有开发。现在，在很多县里都进行煤和铁矿石的开采。通过地质勘探，在省内很多地方发现了中国此前没有开采的石油。棉花和水稻种植面积也大大增加。贸易额在增长。多条公路把重庆与长沙、贵阳、桂林、昆明等城市连起来了。

重庆有 10 所大学（中央大学、复旦大学、中国医药专科学校等等），以及许多其他各种各样的研究机构。

重庆成为政治中心和交通枢纽之后，也成了贸易和工业中心、国家的进出口贸易中心。市内共有 21 家银行，其中包括中国中央银行、交通银行、农业银行。除了这些大银行外，市里还有 36 家为当地商业和工业提供金融服务的银行事务所。

昨天我到重庆的郊区转了转，参观了几家工厂并做了拍摄。在习惯了目睹我国超大型工厂的苏联人眼中，这些工厂都是小企业。但是我们对那里的中国工程技术人员和熟练工人在发展生产中所表现出的发明能力、进取精神和主动创造性感到钦佩。

所有这些笨重车床都是在敌人的眼皮底下从上海、南京、汉口用篷船沿长江行驶上千公里运来的，是人们用肩膀抬进这些新厂房里的。有三百多个大企业用这种方式转移到国家的大后方。其中有一半企业在四川省落户。并不是所有的工厂都能转移出来。而在这里，在当地依靠自力更生建起所缺少的东西，还有很多条件不具备。我们在一个工厂里见到两座日生产六吨钢的电炉。这两座高炉是这家工厂的工程师和工人们自己建造的。作为模式的一座美国产高炉留在了上海。但是这两座高炉运行得丝毫不比美国的差。现在国家新修铁路所需要的铁轨，就是这个工厂在没有轧钢机的情况下生产出来的。也是这家工厂依靠自己的力量造出精确度和复杂度均高的铇床。

对钢铁的需求迫使必须尽快地利用当地的矿石。一位工程师自豪地向我们展示从矿石里提炼出的生铁，而大量的这种矿石的产地就在不远的山里。

在车间里，在不久前才开发出的机床旁工作的有很多年轻人。他们心灵手巧，提出很多出色的生产指标倡议。在车间里走着，会不由自主地在每一台机床前停下来，再好好看看工人们所完成的精工细活。例如，眼前这位穿着黑色工作服的年轻工人是不久前才从部队招来的。他二次负伤，以前是一名农村小伙子。他现在工作得非常出色！他对一个外国人参观者看都不看一眼，有条不紊地计算着平面图复杂的细节，每分钟都在核算。就是这样一个小伙子打破了殖民主义者关于中国人"无能力"掌握现代技术的可憎"理论"。

在八个月中，我第一次参观中国的工厂，第一次见到为保卫国家而工作的中国产业工人。他与中国各地那些搬运重物的苦力们绝不一样。在这个人身上，不管是通过观察他的眼神，还是他的外表，都透射出某种新鲜的东西，那就是自尊的感觉。而这种自尊来源于对自己劳动价值的深刻理解。劳动是辛苦的，然而是国家需要的。

这座工厂有几千名工人。在工作车间旁边，大规模的土方工程全面铺开，这是为建几座新房子打地基。在码头旁边，几十艘篷船在卸下设备、水泥、石料、砖。几个新车间必须尽快建成。

在另一个工厂的大门口张贴着标语"禁止吸烟"！这是一座从植物油里提炼汽油的工厂。按一位工程师的说法，在其他国家，这种技术还停留在化验室研究阶段。而在这里，在政府支持下，一伙热心的工程师具体实施这个重要项目。这个不大的工厂每天提供近四千公升高标号汽油。除此之外，还在进行着提炼煤油和汽车润滑油项目的开发。工厂里很多地方都被实验室占用。给我们展示了一个很大的图书馆，里边藏有多种语言，其中也包括俄语的学术图书。

接着我们参观了一家从郑州转移来的纺织厂。这家工厂实行三班倒工作制，每天出产八千磅纱线。我们还参观了一个热电站，发电量为一万千瓦时，为重庆周围 25 公里半径内的市区和企业供电。现在已经感觉到电力不足，按设计方案还要增加一万千瓦时的发电量。

四川人一直以强烈爱国而著称。现在，"地方的"爱国主义稍稍退居第二位。四川人为自己在民族解放战争中发挥的独特作用而自豪，相信一定能战胜敌人。他们孜孜不倦地在本省内创建国家现正需要的国防工业基础。

我们返回市里，现在还行驶在都邮街。

这是一条环城主要大街。街上满是黄包车、汽车和行人，人抬滑竿非常多。两个苦力用肩抬着绑在长长竹竿上的一把安乐椅，椅子顶上用帆布篷遮着，椅子上面坐乘客。

汽车司机需要技术熟练，以便能在狭窄的街道上，在黄包车、卡车、肩扛货物和手推独轮车的苦力之间，紧贴着满大街吵闹的人群，应变自如地行驶。

人群中欧洲人很少。偶尔能看到从军舰下来戴着军帽的美国或者法国水兵，也能看到身穿长袍的传教士。穿迷彩军便服、中山装、军大衣的人倒是很多。剪着短发，身着军装姑娘们的面孔在人群中时常闪现。

街道两旁张贴的军事宣传画、抗战呼吁书、传单弄得人眼花缭乱。广播喇叭不停地介绍前线要闻，传递政治信息，一大堆人聚在旁边倾听。

中国军队在一些战场上进行反击还不意味着人民期待、全国上下准备实施的全面反攻的开始，这只是检验一下力量。但是尽管如此，它已使日军遭受重大伤亡，迫使他们投入预备队，在有些地方后撤，把占领的很多城市还到了中国人手中。

我们沿着都邮街来到市中心。突然从某个地方清晰地传来俄语谈话。有人的说话声盖过街上的喧嚣，谈论着关于多少立方米水泥、木材浮运事宜。这是怎么回事？

我们朝文艺电影院的正门走去。今天正在放映苏联电影"共青城"。扩音器连接到大街上，因此，人们都驻足停下来，听着我国共青团员们唱的青年歌曲和相互间的谈话。

这几天在全中国开展"国民精神总动员"运动。人们排着整齐队伍行走在首都的大街上，他们有组织地去举行忠于国家的宣誓活动。每一个宣誓人都必须把自己的全部力量贡献给自己祖国的解放事业。

为了能让列队的人先走，我们便把汽车停在街边，顺着旁侧的马路步行。这里如同重庆其他很多地方一样，正在进行大规模城市改建工作。整区的破旧房子被拆掉，铺设了许多崭新宽敞的马路。这是有备于城市遭轰炸引起火灾。新的马路可保障消防队把一些孤立的火点扑灭。居民们从拆掉的房子搬迁到长江对岸或郊区的住宅里。

在长江一处沙洲上建造了一座民用机场。重庆现在是中国主要的航空枢纽。这里有飞往中国其他大城市，飞往印度支那①、香港的航线。从重庆飞到美国用五天，到伦敦用七天。

夜晚，城市的喧闹渐渐地静了下来。

我们走上苏联大使馆的凉台，到处是灯光。在我们的头顶上，静悄悄地飘扬着鲜红的镰刀和斧头旗帜。

苏联驻中国大使馆一些工作人员在准备庆祝五一劳动节。

在这里，在远离祖国边界的地方，一个苏联人小集体将收听莫斯科庆祝五一节的广播。应当走的离祖国远一些，以便理解听到祖国声音的时候是一种什么样的感觉……

盼望已久的胶片邮件终于从莫斯科寄来，我等待足足有一个月。同胶片一起寄来的还有一部新的电影摄影机。我来中国时带出来的那部摄影机已经到期不能再用了。我用这部机子在西班牙拍摄了一年，

---

① 现在一般称中南半岛。——译者注

然后带着它飞到北极（寻找列瓦涅夫斯基)①，接着又来到中国。

今天从莫斯科收到的"艾姆"新摄影机非常棒！一起寄来的还有胶片。现在可以出行了。下一条路线是向北，去中国特区（陕甘宁边区）和八路军那儿。这是一趟最艰苦的考察：要沿着很差的公路穿越六千多公里，其中在山西省要步行将近一千公里山路。我为这次考察做了特别认真的准备。我对拍摄设备、汽车最细小的环节都事先做了检查，制订详细的行进计划，确定抵达一些地方的时间，计算着每一米胶片、每一加仑汽油、每一公里路程、每一个美元开销。

为这次考察，我雇了一个司机。一个消瘦、大眼睛、穿着长袍的小伙子来到塔斯社办事处，交上来一份推荐信。我给他提出的一个基本条件就是不要偷窃汽油。我告诉他，我本人懂汽车，蒙骗我很难。他的名字叫顾保申，给人的印象不是太好。一切都说定了。

4月18日我收到来自"最新广播消息"的一份电报，要求发回中国首都庆祝五一劳动节的广播报道，询问我利用其通话的重庆广播电台的呼叫波段和波长，以及转播的确切时间。我都一一作复了。

夜里12点。在用蓝色绒布装裱的小房间里，站在麦克风前，我抑制不住激动。莫斯科距我们这里有六千多公里。现在，人说话的声音真的能跨越这个距离抵达莫斯科？在机房宽大的玻璃后面，两名无线电话务员戴着耳机伏在机器上。灯亮了……莫斯科在听着重庆，在录着音。很可惜，通讯是单向的，但是，在转发完广播特写一个小时后，我收到莫斯科的电报："听得非常清楚，全部录音了，将转播。感谢！最新消息。"

拂晓，汽车装满了汽油和胶片，从塔斯社办事处出发。同志们热情地出来欢送，我们怀着感动的心情上路了。

---

① 列瓦涅夫斯基为苏联极地飞行员，1934年曾参加营救在北极遇险的苏联探险船。——译者注

在重庆有人一再提醒我们，没有足够的警卫人员，无论如何不能离开。在重庆至成都之间的山谷里有土匪活动，他们拦截汽车、抢劫和不分青红皂白把所有人都杀掉。需要做出明确决定。在这种情况下多想也没用，决定只有一个：继续走。

土匪们可能没抱幻想，没开枪就放我们过去了，这样，傍晚时我们就在濛阳镇"特拉维尔"服务公司一个干净的宾馆过夜。

晚上，市里的大街都用纸灯笼装饰起来，散步的人群接踵而行。在每一个角落都有茶馆。每个茶馆里都是人满满的，没地方下脚。我们走进一家茶馆。屋里的高处上站着一个人，一直说个不停，讲着各种各样有趣的故事来吸引听众。他每说一句，就用手敲打一下另一只手握着的扬琴，或者快节奏地敲打握着的两块小石头。两块石头的撞击声好像跳踢踏舞所发出的声音。他在讲故事时，带着极为丰富的面部表情和做着滑稽的鬼脸，以此招来观众一阵阵震耳的喝彩声。他是一位出色的演员，善于赢得观众。

听他讲了半个小时，不禁为这个人感到惋惜。他是位天才的，又是位疲惫不堪的演员。他靠这种繁重的劳动来为自己挣口饭吃。他不休息，一口气讲几个小时。如果他默不作声了，茶馆里的顾客坐一会儿就会转到隔壁的茶馆去，不能休息。他说着，笑着，做着手势，当一个笑话故事讲完后，赶紧喝一口茶，然后开始接着讲。他是给老板打工。

在这个中国小城市里，我这个欧洲人不时遇到麻烦。在大街上刚一露面，大人和小孩就密密麻麻地立刻把你紧紧围住。这种情况有时令人难以忍受。理发店里的师傅和还未理发的顾客都跑出来，在小店里的人们立即停止激烈的争吵。他们这时想的倒不是把摄影机从套子里取出来拍摄，他们的想法只有一个，什么时候能不再东躲西藏，正如所说的那样，恢复这个城市的正常生活。

我们在一个小饭馆里吃了顿午饭。伙计扎着一件脏兮兮的围裙，非常像革命前大车店跑堂的。他垂下头，认真地听和记下点的菜。突然，他又抬起头，大声地喊起来。这是他在向楼下厨房传递着点的菜谱。吃完饭后，我们顺着吱吱作响的楼梯走下来，他接着又喊起来，把我们留给小费的数额周知大家。回应他大声呼喊的是饭馆各个角落和楼层几十个人齐声说着"再见"和"谢谢"。

在大多数城市居民的房屋上都挂着匾，黑底上写着大金字。我记下了其中一块匾的内容，翻译过来就是："德高如山"。

这是赞扬这家主人的。匾是朋友或下属赠送的礼物。

成都是四川省的主要城市，非常繁华。它占地面积很大。在市里朝一个方向行驶，经过一些灯光闪烁的小街道后，可以一直开下去。市中心街道都铺着沥青路面，石头建的高楼林立，大商店很多。

我们进城一路上目睹的第一件东西是棺材。它由 20 个人抬着（中国的棺材非常重）。棺材后面走着身穿白色裙子、痛哭流涕的死者亲属。我们抵达宾馆之前的一路上，迎面走来好几拨抬棺材队伍。城里爆发了霍乱，每天都夺走几十条人命。因此，出售冥币的店铺买卖兴隆。冥币包括银泊花、用硬纸板做的银泊圆币。这些东西作为死者在另一个世界享用的货币，连同死者遗体一同埋入坟墓。

我们在城外一个空军基地仓库又补充了汽油储备，然后走进一座凉爽、半明半暗的小寺庙。一尊大佛像隐身在一大堆航空汽油桶后面，只有它那鎏金的脑袋高高地矗立在外。

当然，在中国不是所有的寺庙都被用作军事仓库。然而，对寺庙的这种用途，老百姓并不反对。他们未把这视为亵渎行为，而认为这是必需的。

我参观过几所寺庙。你在这绿荫如盖的花园，可轻轻地漫步，在草木丛生的林间小径，从生长几百年、枝繁叶茂、可遮光避日的大树旁边走过。你沿着长满青草的石阶走下来，走向静谧悠黑的池塘。这里远离周围的一切，远离空袭警报、机枪扫射、摧毁城市街区空投炸弹的冲击波。在这里的墙外边，还保留着古典诗词里歌颂的古老中国

寺庙里少见的祷告者

那宁静的时光。

在斜阳射进每扇小窗的一些大寺庙里，一年四季空无一人。在墙角里站着几位道士，他们用质疑、好奇的目光看着我这位非同寻常的造访者。有个人建议我给他们捐赠一元钱。他们都不知所措，深深鞠躬，握着念珠的双手贴附胸前。他们领着我沿着吱吱作响的木头台阶往上攀登，给我看一些石头圣物，还有一些刻满文字的小猴子石雕。

我只有一次在庙里见过一个烧香磕头的人。这个衣衫褴褛的农民跪在一尊大佛前，口中小声地念念有词，把几根黑色石头筷子扔到石地板上，然后把筷子捡起，重新放回原位，转过身，突然四肢伸开躺在地板上。所有这些他都是当着道士的面做的，而那些道士站在一旁窃窃私语，丝毫不注意他。

每一座山谷、每一个大的路口、所有的大村庄都有庙，但都非常小。

有时，这庙只不过就是一间带盖的棚子，里面放着一尊五彩的和镀金的佛像。人们在佛像前插上香，这些香点着时冒出带有香味的青烟。在没有庙的那些村庄里，人们干脆把香插入村口一个不大的盒子里。一路上，我们每走一步都能看到坟包上也都插着香。

第十一章　通向北方之路

为了完成从重庆到西安一千五百公里的穿越，我们要乘车走八天。大部分路程是在四川省境内。不管是在山区，还是在平原，空气中都充斥着浓重的稻田湿气。这些稻田都坐落在丘陵坡上、沟壑里、山顶的梯田中。公路在山顶上像一条蜿蜒的飘带不断地翻过一道又一道高高的山梁。一路上几乎看不到一块没有种上庄稼的土地，每一块田不管大小，都灌满了水。

搞不清楚这水是哪儿来的，是怎么把水弄到山顶上的。这里隐藏着一个复杂的灌溉系统的秘密。这个系统不用机器，不用蓄水站，不用大坝，这是在这块土地上生活多少代精英们的民间智慧和艰苦顽强的劳动创造出的应用系统。这样，峭壁深沟里奔腾的山水顺着神秘的路线流进椭圆形稻田里。

在很多农田里，全家人都拿着长柄斗勺，往自家地里舀水。这得需要舀多少天才能使水没到水牛腿便于开犁？有时这个过程也实现"机械化"：几个人用脚踩转一个轮斗，把水汲过去。

在四川省就种庄稼而言，一年四季全颠倒了。这一片的麦芽刚刚发绿，那一片田里的小麦已经金光闪闪、灌浆饱满、成熟待割了。

现在甘蔗也长起来了。这是中国人爱吃的美食，不管老人还是小孩都喜欢咀嚼这东西。

中国人对自己那块小田地真是精耕细作。在菜园里，你的目光再敏锐，都找不到一根杂草、一个草秆，或者一块小石头。

四川省农田里主要的财富就是水稻。现在全省已在准备播种，每走一步都能碰到农民。他们鞭打着懒惰的水牛，水牛在田里水面上慢悠悠地左右移动那毛茸茸的嘴脸，牵拉着木犁。

四川是中国的粮仓，今年向国家交纳了大批储备粮。城市、农村、前线都将吃到四川的稻米。

四川大小城市街道两旁的绿地都被踩得光秃秃的。大街上始终挤满一群一群的手艺人和买卖人，他们的叫卖吆喝声五花八门。那些扛在肩上搬来搬去的小"饭馆"里，在风箱鼓吹起的火上，可以做各种吃的。这样的小饭馆一个挨一个地排列着。我多次在这些小饭馆旁边停下来，饶有兴趣地看着这个"企业"的老板是怎样管理的。在他一个一个取下来的小盒子里，装满了半成品：做好的面条、米饭、一块块肉、豆腐。他迅速地把一捧面条放在锅里搅动起来，然后捞出放进一个个小碗里，从小盒子里拿出调味香料加上，再放上切成小段的青菜，浇上咖啡色带有香味的酱油，午饭就大功告成！

每一个做小买卖的商人都有仅他一个人拥有的不同声响的叫卖器具。这或者是石头做的呱嗒板，或者是小绳串着铁珠发出金属声的铃铛鼓，或者是碰击发出响板声的两个小石块。当你来到满大街都是小商贩的城市里时，这些声响便汇进铺天盖地的热闹声和喧哗声的海洋：人群高嗓门的说话声、开怀大笑声、放开喉咙喊叫声、过往手推独轮车的吱吱摩擦声。

四川省人口非常稠密。公路就如同川流不息的"人路"：行人走来走去，黄包车奔来奔去，苦力们扛着货包步履蹒跚。有时迎面能碰到骡子队，它们背上捆满北方一些省运往四川的货物。但是，沿着这条连接南北方唯一大通道运转货物的主要工具是人力。

苦力们的队伍一眼望不到头。他们用手推独轮车、四轮马车、胶轮货车等一切可能的搬运工具驮拉着一包包货物。有时他们几个人把挽索套在自己身上。他们跨平原、翻山梁，走过架在山涧上摇摇晃晃的小桥。

有一次，我在高坡路旁一颗绿荫如盖的大树下停下来，久久地看着这些人的脸。他们的脸型真是各不相同，但所有的脸都紧绷着，眼睛睁得大大的。这是货真价实的苦力活！人们不停地走着，一走就是几个小时，一走就是几十公里。

一个苦力的衣服就是兜在胯股上的一块布，一顶宽边的草帽。如果不把肌肉算在内的话，这就是他的全部财产。这样一整天顶着烈日、弯腰扛着沉重的货包，他才能挣几个铜板。他要用这点钱吃一碗米饭或者面条，晚上在休息的地方，还要把剩下的铜板交出去偷偷地买一烟斗鸦片抽。天亮后，他要再扛起货包走一整天，有时在小河边的大树下休息一会儿。苦力们平时都打着赤脚，他们脚上很少穿用绳子或稻草做的凉鞋。苦力们的腿世世代代地适应了负重，腿的骨节粗大，腿上肌肉像球一样膨胀在小腿肚子上，长着厚厚茧子的黑色脚掌就像树根。

最惨不忍睹的，是那些半大孩子苦力。他们像成年人一样，扛着货包和物品，只不过稍稍轻一点儿。他们穿的也跟成年人一样，一块破布把胯股包上，有时他们干脆就赤身裸体地走。

这条路上运的货大都是棉花，是北方几个省田地里收获的，要运往四川省的几家纺织厂。

四川省的雇农

苦力

中国稻田就是这样蓄水的

在四川省这里，一种独特的旅客运输形式非常普及，这就是木制独轮手推车。这种非常怪异的构造你都无法想象。

在这个用铁钉子拼成做工粗糙的独轮车上，一个人坐着，另一个人顺着马路推这个车。木制车轮子很大，它发出的吱吱响声一公里之外都能听见。推车的这个人使出全身力气不停地走着，而那个乘客盘着腿，头上打着雨伞，或者看报纸或是懒洋洋地四处张望。要是从这架车子下来步行的话，要轻松得多，也快得多。但是，花5个铜板就能拉载你一公里、二公里、三公里，那干嘛要自己步行呢……

我有一次推了回这种独轮车，体会一下用它载客的感受。走出二十多步我就已经没力气了。简直不可思议，那些整天推这种车的人哪来的力气？

看着苦力和黄包车夫，听着木头车轮发出的单调刺耳声，你会开始深刻地理解什么叫人类廉价的劳动。

我们到达一个小城市时，已经是傍晚了，需要在这里过夜。我们在城里转了一个小时，但是所有的旅馆都已客满。这些旅馆只有几间小客房，房间都用稻草隔开。我们不得不去找县长，请求帮忙住宿。县长的秘书非常热情地接待了我们。我们坐车进了院子，被邀请进了房间。在我们洗了洗之后，县长来了。

这是一个满脸皱纹的瘦老头，身穿军装，进到了房间里。我们相互深鞠躬致意之后，交换了名片。他走到灯前，念着我的名片，和蔼地点着头，开始聊了起来。县长秘书告诉我们说，县长完全是个聋子。他曾经打过仗，炮弹在他耳旁爆炸，此后这个老头儿就什么都听不见了。在我谈话期间，司机顾保申惊慌失措地跑进屋来，说他把车钥匙丢了。这种情况太惨了：我们无法打开车门，无法行驶。给我们配备了几盏灯笼，我们便去寻找钥匙。当我们行走在城市的主要大街时，钟声响了起来。

我们没有找到钥匙，垂头丧气地返回来。县长迎接我们，并说他敲了钟并对全城宣布说，谁捡到钥匙，就付给他一元钱。当然，没人捡到钥匙。我们在汽车旁边忙乎到半夜，锯出一把新钥匙，试图把车门打开。当大家都已完全失望的时候，深感不好意思的顾突然从坎肩的口袋里掏出了钥匙。我们稍稍睡一会儿，在天亮时继续赶路。

在嘉陵江的拐弯处，我们在一座高高的峭壁旁边停了下来。这座峭壁叫"千佛洞"。整个峭壁，它的每一个凸出部位，都被一千五百年前在这里劳作的雕塑家利用了起来。这里有无数大小不一的佛像造型。一些很小的佛像如人的手指头那么大，而另外一些大佛像有几个人高。我们走进一个山洞，这里墙上都布满了雕像。根据传说，过去这里有一位不知姓名的雕塑家雕刻了九百九十九座石头雕像。当他年事已高，雕完这九百九十九座佛像之后，自己也就变为佛了。这些佛像中大部分佛像的头部都被敲下。这是外国人干的，主要是英国人干的。他们花几元钱就可以让农民敲下佛像的脑袋。很多这些佛像的头部现在还在大英博物馆的大厅里冠冕堂皇地展出着。

一次在路边作暂短休息时，一位苦力朝我们走来。在离我们不远的地方，他把自己的货包放下。这是一个很英俊的男子，有大力士般的强壮体格。我们请他来一道吃野外早餐。他拒绝了很长时间，然后向我们表示感谢，把我们给他的东西用一块灰色的破布包了起来。他鞠躬致谢，把挑着货包的扁担放在肩上走了。

一队重型卡车车队从我们身边驶过。其中一辆卡车停了下来，从司机驾驶室跳下一个身穿军装的人并朝我们跑来。我朝他迎面站起来。他从满是尘灰的脸上摘下深色的驾车防护镜。我们长时间地相互拍着肩膀和后背，相互握着对方的手。这是八路军的江上校。这真是意想不到的见面！在我们撤离汉口时，正是他在那个大雨滂沱的深夜，帮忙从壕沟里把我的汽车抬出来。他现在也去延安，到"特区"去。我们后来在延安见了面。

他把我介绍给自己的同路人，一些满脸灰尘的小伙子和姑娘。

他对这些人说："我的朋友"，并以毫不掩饰的自豪补充道："俄国人，苏联人！"

车上的这些人挨个儿跟我握手，并笑着说："很好，很好。"

他坐上卡车，汽车在拐弯处不见了踪影。很快，我们的车超过了他，他从卡车驾驶室里长时间追着向我们挥手。

（1）在机场的一天

我们在一个小城市停下来准备过夜。城市旁边有一座机场。在寻找栖身之处时，看到了飞行员宿舍。我们出示了军事委员会颁发的证明，上面写着请对这位苏联电影摄影师提供一切协助。飞行员们刚刚从机场回来，一大帮人吵吵闹闹地进了院子。他们把我们围住，建议我们搬过来住，与他们共同度过这个夜晚。第二天一整天我们都待在机场。

这一天过得非常充实，令人激动不已，与飞行大队队长的谈话就是最鲜明的例证。他介绍了中国空军的军事工作。晚饭结束之后，我们便立即开始了谈话。我们在一个郁郁葱葱的小花园石凳子上坐了下来。

大队长是一位比较年轻的军官，他开始讲了起来，我打开行军笔记本，有时向他提些问题。

他说："从这场战争爆发之日起，日本就向中国投入了空军力量。中国在战争初期并未拥有大量战机和军事飞行员。但是我们的空军力量投入了对敌斗争。我们国家靠自己飞行员的勇敢抗击着力量占优势的敌人。同进犯我国城市的日军作战中，我们的飞行员不怕死，他们大都是年轻人。但是，有经验的，战前在民用航空工作过的飞行员也驾驶战机。"

"您能不能说出那些特别优秀的飞行员的名字？"我问道。

"勇敢的飞行员有：毛瀛初，击落 5 架日军飞机；董明德，他一个人对付 9 架日机，直到子弹打光，击落一架日机；罗英德，击落 6 架日军战机；王安荣，参加了著名的洛川战役（当时敌人的子弹炸碎了他的航空帽，撕下一绺头发）；黄泮扬，击落 6 架敌机；徐焕升，飞到过日本本土。我们也不会忘记那一位飞行员的功绩。他曾在空战中与日军战机一对一厮杀，他发现机枪打坏了，便放慢飞行速度，用自己飞机的螺旋桨向日机副翼切下去，打下了这架日机，然后他在自己部队的机场平安降落。①

中国空军不仅保卫着本国城市免遭日军空袭，而且也主动进攻。大部分日军军舰和军事运输船都被炸沉在长江里。中国空军摧毁了敌人的后方。我们的飞行员完成了前往日本的出色飞行，所携带的东西暂时还不是炸弹，而是传单。"

"日军在华飞机数量是多少，日军飞机质量如何，日军飞行员素质怎么样？"我问道。

他回答说："空军数量优势至今仍在日军一边。日军目前在华共有五百多架先进战机，其中百分之三十为歼击机，百分之二十五为侦察机，其余为轰炸机。日军飞机的软肋是发动机。俘虏的日军飞行员告知说，他们从不指望发动机能无故障工作。经常出现发动机出毛病，飞机被迫半路返回机场的情况。他们说，日军飞行员经常以发动机运转不畅为由拒绝飞远程。

---

① 出于保密考虑，作者没有点明这一"壮举"是何人所为。据苏联史料记载，它是由苏联援华飞行员安东·古宾科上校 1938 年 5 月 31 日完成的。古宾科当时在武汉空战中，在子弹打光情况下，驱使一架同样打光子弹的日军飞机迫降中方机场。在快降落时日机企图逃走。古用驾驶的"黄雀"飞机螺旋桨打掉日机左翅膀的副翼，日机坠落，古平安返场。古 1938 年 6 月底回国后即被授予"苏联英雄"称号，不久在飞行训练中失事牺牲。——译者注

中国空军航校毕业的年轻飞行员

小憩

船工的劳动需要相当的体力和技巧

驾驶歼击机的是中国人民勇敢的儿子

　　"现在日本空军的基本活动就是轰炸和平的城市。轰炸这样的目标不需要特别技术。实践表明，当日军要精准轰炸某一个军事设施时，命中率都非常不高。如果总结一下过去几个月的情况，可以说，日军轰炸了很多城市，但很少伤及军事战略设施。

　　"敌人战斗机的行动也很少奏效。中国士兵在山地很会做伪装，在日军使用老式战机作为强击机展开攻击时，士兵们基本不受损失。"

　　我问他："现在当战争进入第二阶段时，中国空军力量如何抗击日军？"

　　他回答说："我们的空军力量现在处于重组和积蓄战斗能力时期。持久战第二个时期的主体口号是：加强军事训练；动员国家内在资源；建设高度专业化、有文化的干部队伍。武汉陷落之后，我们得到了喘息机会。在这段时间里，我们的陆军补充了几十万名新兵。中国空军也没有落在陆军后面。我们实际上已经实施在中国建立我国空军自己的工业基地。

　　"青年人都愿意报考我们的空军军校，他们都是些勇敢、身体健壮的年轻人。很多航空学校的毕业生已经受了战斗洗礼。不久前，日军轰炸兰州时，中国的战斗机击落了日军15架轰炸机。日军的这些飞机都是双引擎新飞机，从意大利买回不长时间。日军那些返回了自己机场的飞机，都被子弹打了五六十个窟窿。关于这些，甚至日本的电台都做了报道。

　　"我们不分散我国空军的行动，现在要保卫重点，有时也飞出去，对敌人后方做精准打击。

　　"我国空军的军事工作还有一个重要领域，这就是支持游击队。有几个整军建制的部队战斗在敌后。日军名义上占领的一些省实际上全部掌握在我们手里。在这些地方生活着几百万人，中国中央政府的机构在行使着职权。我们的飞机与在敌人后方的游击队和一些省份保持着经常联系。我们用飞机向这些地区投放药品、弹药、武器、钱、文学书籍、人员。但是我们的基本工作是为将来打仗做准备。"

我们的谈话一直持续到深夜。飞行员们向我提出一些关于苏联空军情况的问题。他们打算听到早上，但是那位对谈话同样兴致勃勃的队长突然想起什么事，猛地站起身，让我们大家赶紧睡觉。离天亮还剩几个小时，还有战斗飞行任务。

当一缕阳光从天边湛蓝的山岭后面出现，光线便在飞机金属外壳上、在驾驶室的玻璃上跳跃着。全体飞行员都在机场上集合了。年轻力壮的小伙子们穿着飞行服，不约而同地忙乎着飞机起飞的准备工作。

所有的飞机都加满了油，方方面面都经过了检测，一架接着一架迅速地开动了发动机。队长再一次把每架飞机的机长召集在一起，通报最新气象预报，明确战斗任务。飞行员们拉紧飞行服，各就各位。12 架高速双引擎轰炸机还没有滑到起飞线，就在各个不同方向，一架接一架地起飞升空。在机场上空盘旋一圈后，编成小分队，定准航向，很快就消失在乳白色的晨雾里。

今天，这些飞机要穿越前线，飞到小城市 H 市，轰炸一个日军步兵师团的司令部、一个铁路枢纽站和几座军事仓库。根据得到的情报，中国居民全部撤离了这座城市。

机场上，清晨飞抵的几架战斗机严阵以待地等候着。这些飞机的样子像黄雀。它们的任务是必要时保障返回的轰炸机安全降落，因为日军可能派出战斗机尾随着这些轰炸机。

时钟走得很慢，人们在紧张地等待着。根据指挥部拟订的计划，这些轰炸机完成任务后，现在应该在返程路上。如果一切顺当，今天突然给日军实施的空中打击应该是非常沉重的打击。

在等待的最紧张时刻，城市上空响起空袭警报。来自观察站的电话通知说，有 7 架日军战斗机朝机场方向飞来。在冗长的敲钟报警声中，中国战斗机的发动机也轰鸣起来。战斗机腾空而起，迎着敌机飞去。时间一分一分地过去，轰炸机应该返回了。日军可能切断它们返回机场的路线，在机油要耗尽时，迫使它们展开空战。电话响了，说战斗机在距城市 10 公里处相遇，正在进行空战，有一架飞机不知是哪方的，起火堕山。

在我用望远镜观察时，视野里呈现出一座高高的石塔，这是基督教使团的教堂。在这里，这些使团遍布在所有的小城市里。大家都还记得不久前在老河口市①发生的轰动性事件。在这个城市里，几位天主教牧师在传教的同时，"兼职"搞起间谍活动。在当场抓住他们并搜查教堂时发现了这些东西：大功率收发电台；武器仓库；关于中国军队状况的情报文件。这些使团人员在搜查备忘录上签了字，承认从事间谍活动，他们被迁出这座城市。现在我看到在这座塔上有人站着一动不动地用望远镜窥视飞机场，他从那儿看机场一览无余。

电话通知说，空战结束了。在头上突然响起飞机的轰鸣。轰炸机在降落，一架、二架、四架、六架……十二架飞机全部归来！战斗机护卫着它们，也在降落。卫生员、指挥员都快速地朝飞机跑去。

返回的并不是所有飞机……我们还在枉然地听着蔚蓝寂静天空的动静。有一位非常出色的活泼小伙子再也回不来了，他命丧黄泉……

钟声响起，空袭警报解除。

一位飞行员在同志们伸出的手中慢慢地倒了下来。他用一位心爱姑娘赠送的真丝围巾一角擦着脸上大粒汗珠。由于疼痛难忍，他的脸抽搐得变了形，他负伤了。他的飞机机翼和机身布满斜射的弹孔，总共 24 个窟窿。

"大家都回来了吗？"他朝轰炸机停靠的那边用手指了指，轻轻

---

① 现在的湖北省襄阳市老河口市（县级市），抗战时期为中国军队第五战区（李宗仁为司令）司令部所在地共六年。——译者注

地问道。

"一个不少全回来了。"同志们回答，并把他轻轻地放到草地上躺下。

一个瘦瘦的战斗机飞行员是个很机敏的小伙子，他生动的脸呈棕褐色，长着一口洁白发亮的牙齿。他说，"我们在与日军相遇时未来得及占据高度，他们居高临下地攻击我们。交战了15分钟。我们打下两架日军飞机。我们没看见小陈是怎么牺牲的，他可能在追赶逃跑的日军飞机……"

现在，当警报解除之后，天主教使团的塔上已经有两个人在巡逻值守。神父们认真地、聚精会神地瞭望着机场。金色十字架在太阳照耀下闪闪发光。然而在十字架到旁边的屋顶之间拉着一根电线，这种电线与平常做天线用的线一模一样……

轰炸机队长介绍了顺利完成飞行的情况。飞机各部件运行良好。任务超额完成：在飞近目标时，发现并摧毁了一支日军车队。

他说，"军用列车站给摧毁了，至于师团司令部，我认为，摧毁的任务也完成了。我希望根据侦探情报来确定更确切的轰炸成果。"

穿着皮制连衫裤炎热难忍的那位年轻飞行员不想加入长官的谈话之中，他走到一边儿，吐出嘴里不停咀嚼的小草，唠叨着说："也可能是我眼花了，也可能日军司令部那儿啥都不剩了。"

飞行员是非常热情好客的人群，他们劝我们即使不是一周，至少在他们这里再待两天，好好聊聊关于苏联空军、关于苏联飞行员、关于勇敢的苏联青年女英雄的情况……

但是我们该告别了。我回头久久地眺望那渐行渐远的机库，那些飞机，那些身穿鹿皮短上衣的人们。多么好的一群小伙子啊！

我们沿着中国的公路继续向前行驶。在城市和乡村我们偶尔停下车时，一大帮孩子和大人把车团团围住。他们左看右看，默默地抚摸这辆挂满尘土汽车的各个部位，想满足自己了解技术那种强烈的渴望。他们愁眉苦脸地打量着我这个欧洲人。但是，我刚一露出笑容，同他们开始说话，他们的脸就慢慢地放松开了，阴郁的不信任表情消失得无影无踪，他们想聊一聊。小孩子们大声地嘲笑我讲的中文，而老头儿们赞许地伸出大拇指说，"很好。"

在村庄旁边一个用土夯平的小广场上新兵正进行着操练。这是中国军队非常重视队列操练的重要组成部分。士兵的队列训练达到了尽善尽美的程度，但其代价是常常影响掌握战斗射击要领和战术训练。在没有军事课的自由时间里，士兵们打排球、篮球。

有很多人在进行军事训练。一些刚入伍的农村青年沿着公路前往集合点。

我们继续向北行进。我们现在还在四川省境内，但是城市的景色和外观渐渐地变了样。这里已是中国的北方地区，稻田变成了麦田。在广袤的平原上，风卷着尘云。在公路上，在很少见的用黏土建起来的村庄里，到处都布满尘土。城市之间相隔很远，它们都用高高的黏土城墙围了起来。在厚重的、用铁皮包钉的大门旁站着卫兵。在结穗的麦田里都矗立着石碑，这是远古的陵墓。

我们从这些陵墓旁边驶过，冒着酷热的尘土，迎着草原吹来的干燥的风，进入陕西省。

第十二章　在陕西

在四川和陕西两省交界，一个农舍的一面土墙上写着几个大字："当人民军队的战士最光荣！"在另一面墙上写着："抗战到底！"

公路在广阔的平原上延伸。现在河流却很少见到。极目四望，周围全是麦田，直到天边。小麦还是绿的，但已经颗粒饱满。庄稼如辽阔海洋波浪翻滚，挺拔屹立的一簇簇树木就如同大海里一个个小岛屿，一座座墓碑也威严矗立在大海中。沙漠公路只有在距县城、商业中心不远的地方才能看到。

高高土墙里面的大街小巷人声鼎沸。女人们穿着整齐的黑色衣服，缠足的脚迈着小碎步。缠足这个使妇女成为残废的野蛮风俗已经成为历史。政府严厉追查残害儿童的家长。但是，那些从小就缠足的妇女直到死注定要迈着小脚一瘸一瘸地走路。

随着距西安古城越来越近，沿途见到的古迹也越来越多。中国最早皇帝们的陵墓宛如一座座山岗，庭院已经拆毁，剩下一些原始的石雕像，如石狮子、石象、石龟。石雕像顶部已被风雨磨平，在太阳的照射下发出青光。

宝鸡是最西部的铁路车站。铁路从宝鸡经过西安向东延伸。我们在宝鸡住了一夜。我们已经来到西安高高的城墙脚下。

两千年前，秦朝就是从这里统治中国的。根据民间传说，那个开始建造中国长城的秦始皇从这里召集二百个童男和二百个童女并把他们派往东方去寻找长生不老药。童男童女们没有找到药，但是发现了一些岛屿，他们就在那里住下来，这样就建立了日本。这些年轻的使者们没有想到，他们的后代回到日本借用人家高度文明，甚至文字的那个国度这儿来了，但是是开着双引擎轰炸机来的。

夕阳把带有枪眼和向上翘檐的钟楼涂上一层温柔的色调。哨兵沿着城墙走来走去。城门口有巡查队在检查前往这个陕西省会车辆驾驶者的证件。

城市里彩旗飘扬。今天是开展"国民精神总动员"运动第一天。在宽敞笔直大街上亮着电灯，一直绵延两公里多。房子都是一层平房。城市人口稠密。现在城内有三十万居民。

所有这些人一天要3—4次离开原地隐蔽起来，空袭警报一响就立即奔向城外，到田地里去。日军多次轰炸这座城市，死了大批人。

陕西全省人口达到一千一百万，绝大多数是农民。陕西人战斗在各个战场上。在陕西，很多抗日社会组织都非常积极活跃，例如，"支前协会""支援伤兵协会""新生活运动协会"，以及妇女和儿童组织。很多年轻人都在学校学习。有三所大学从北平撤到陕西，此外，还有两所大学，一所农校、一所中学。

最近的战线距西安150公里。日军制订的最新计划是迅速向西推进，拿下西安，把四川省与北方几个省完全隔断。更远大的目标则是全部占领这些省，拿下甘肃省中心城市兰州。还在此之前，中国军队在西北战场发动了"四月反攻",日军在实施这些计划时更表现出完全力不从心。

黄河是日军实施下一步进攻的天然屏障。黄河从北方的包头向南流经上千公里,然后在距西安不远处急拐弯向东流去,在开封附近再度向南流。

在整个战争期间,日军不管在哪个点都没能渡过黄河。他们只在两个地方到达了黄河岸边。中国占据的一侧河岸又高又险,是控制日军从对岸侵入的防线。中国人不断加固己方的河岸,守卫部队配备了强大的火力。

这个冬天日军以为黄河能在这个地区结冰,于是,他们便挺进到西安附近的黄河岸沿线。黄河封冻了,但不是在日军司令部预谋的那个地方。借大自然帮忙的算盘落空,突破中国西安防线的计划破产。

天然屏障只是日军向西推进道路上的障碍之一。牵制日军的基本力量是人民军队正规部队和日军后方的游击运动。八路军在山西省作战。他们不仅是强大的独立力量,而且是组织中心,各游击队、师、军围绕这个中心在发展。

关于八路军的所作所为、关于它所实施的一系列英勇战斗、关于它的勇敢、天才的军事统帅朱德的传奇故事人们交口相传。

5月4日,西安大街上挤满喧哗的一群群青年人。二十年前的今天,北京青年走上街头,抗议向日本出卖过去德国在山东的租界地。中国的革命青年每年都纪念这一天。

在上千炬火把的照耀下,一队队爱国青年走在大街上,手里举着进行民族解放战争的标语。这些透明的标语闪烁着红色、绿色、蓝色的光芒。大学生和中学生队伍与青年战士、女卫生员、军校学生的队伍交替行进,两万人的游行队伍排了几公里长。

天亮时,我们经过北城门离开西安。在途中,遇上一次空袭警报。我们把车开到一棵枝繁叶茂的大树底下,从一条沟里看到有二架

河南一个小镇的晌午

西安一条街

四川军工厂车间里有很多精明强干的年轻人。这样的产业工人与成千上万的苦力截然不同

陕西这个农民家庭一整天都在犁地，他们现在休息，第一次见到欧洲人

日军战斗机在头上盘旋。它们突然发现了地上的什么目标，俯冲下来开火。在飞机与地面之间，升起一道曳光枪弹激起的白烟。

天边升起铅色的乌云。与我们一道躺在草地上的一个老农指着乌云、指着村庄、指着麦穗说："需要雨呀，太需要了，会有好收成。"

日军战斗机飞走了。第一股清风打破草原闷热的宁静。老农迎着迅即而来的暴风雨站起身，他高兴地笑了，用手接着朝霞照射下闪闪发光的一滴滴贵重春雨。

公路在西安市西边的咸阳开始笔直向北拐去，进入山区。

八路军驻西安办事处要求我捎上一位乘客——一个 10 岁的小女孩严季瑜[①]，她穿一身八路军战士军装。坐在方向盘后面，我通过反光镜看到她非常漂亮的小脸。开始时她不停地絮叨，然后就用中文大声唱起"我的祖国多么辽阔"这首歌曲。[②]

距"特区"首府延安有五百公里，路况非常不好，上坡很多，路上尘土飞扬。经常是上坡很陡，车开不上去，不得不把车上的东西卸下，叫来农民帮忙，把车抬上坡时要整整走一公里。有时大风从背后刮起，厚厚尘云疾驰的速度比车还快，这时我们就得停下来。只有在不大的一块地段路还比较平坦，穿过长着绿油油庄稼的平原。

在一棵树下我们第一次休息、吃饭。严季瑜基本不吃东西，她用两只小手握着一个布娃娃，把它仰面朝天地放在草地上，沉入幻想地望着蓝蓝的天空。

"为什么欧洲人都这么漂亮？"她说道，"他们都有大大的鼻子、漂亮的嘴和眼睛。只有一样不好，就是他们长相都一样。就像您这样的欧洲人，怎么能区分开谁是谁呢？"她问道，接着就笑起来，露出

---

① 严季瑜为八路军驻西安办事处秘书长严朴的小女儿，后更名为严苹。——译者注

② 这是苏联的一首著名歌曲，奥沙宁作词、诺维科夫作曲。——译者注

一双美丽的大眼睛。

当她从我这儿得知欧洲人也同样分不清她的同胞谁是谁时，她非常吃惊。

"不对，这不可能，中国人长的都不一样，但是你们欧洲人，大家完完全全一个样……"她接着说。

耀县是一个不大的县城，我们到这里时已是下午。天气酷热，城门口的哨兵懒洋洋地走过来要看我们的通行证。城市被高高的城墙围着，大街上空无一人。人们都躲到阴凉地儿，慢腾腾地来回挥舞着扇子，甚至连汽车里坐着一个欧洲人这样的"事件"都无法吸引他们顶着烈日走出来看热闹。我们没有停留，继续赶路。

我们意外发现前方刮起厚厚的黄尘。我们追上了由几辆车组成的车队，其中里面有两辆小轿车。我们好不容易超过它们。在西安时就告知我们说，有一个内蒙古的高官是个王爷，要走这条路。他从重庆来，在那儿，他拜会了蒋介石，要中国政府相信其忠诚态度。现在，他率自己的全部随从、妻子、秘书们返回自己在内蒙古的领地。在重庆他受到豪华的接待，现在，在每个城市的城外，人们都以应有礼遇迎接这位王爷。

在城内为迎接这位王爷到处挂起彩旗。我们在城边找到一家旅店，进了院内，一大帮人跟了进来。一些城里人怀着冷冰冰的好奇心把我的车团团围住，直到深夜还不离开。他们盯着我的每一个动作，时而人群中有人对我开句善意的玩笑，大家突然愉快地大笑起来。旅店老板杀一只鸡炖上了。我们洗漱一下，吃过晚饭，然后就睡了。

我们经常要涉水过河。现在，路几乎一直在向高山里延伸。我们在山口经常遇到和超过向特区运货的毛驴队和骡子队。这条路上的每一个地方都有历史。在相互之间战争不断的小诸侯国中，早在公元前秦国就脱颖而出，它把自己的领地扩大到现在的陕西境内。秦国君主嬴政就是在我们现在途经的地方宣布自己为第一个皇帝（秦始皇）

的，他把一些小国都统一起来，建立了中华帝国。

在距中部县①不远的地方，我们步行登上一座山。与那些光秃秃的黄土山岩不同，在这里，在我们的头顶上树枝茂密。我们穿过一座废弃古庙宽敞的院子，继续朝山上走。在我们的脚下不时飞出色彩鲜艳的野鸡。在山顶一个草木茂密的公园里，一片高高的古树（几棵树，每棵有八抱粗）旁边，凸起一座山包，在它旁边有一个小庙和一座石碑，碑矗立在一个巨大的石雕乌龟上，这就是中国第一个皇帝秦始皇的陵墓。②墓上的石碑据说是几百年前由明朝皇帝立的。

我们不是自己单独来的。一个中年上校闭上双眼、两手放在胸前，在这个陵墓山包前默默地鞠躬。下山之后，在路上，他就不再乘坐我这辆一路长途跋涉、灰尘满面的汽车了。在一座石碑上深深刻着这样的字："我们若不战胜日本人，将愧对祖先。"

在闷热的晌午，大树的枝头轻轻地摇动，鸟儿唧唧地叫。上校插的两支祷告蜡烛升起的蓝烟顺着石碑徐徐飘逸。

从中部县到洛川这段路最难走。一个接一个很陡的斜坡和上坡；严重超载的汽车发出呼哧声。在上坡时，我们不得不经常运用那个行之有效的老办法：把车里的东西卸下来，干脆用手把车抬上坡去。在很多山岗和山坡上都矗立着用石头和砖砌的碉堡，这记载着刚刚在不久前发生的历史。我们走的这条路是中国工农红军结束自己从华南几省行军来此走过的路，在这里打了几仗，结束了著名的"西征"。③在这些碉堡里，红军的后卫部队挡住了跟踪追击的敌人。

我们周围的景色是原生态的，与众不同。光秃秃的黄土山岩、深深的狭谷。有的地方完全是沙漠。观察好半天后，才能发现在山岩的

---

① 即现在的延安市黄陵县，1944 年由中部县改为黄陵县。——译者注

② 作者记载有误，这里应该是黄陵，秦始皇陵位于西安以东。——译者注

③ 即"长征"。红军结束长征后，苏联的报刊和正式出版的书籍一直将长征称为"西征"，直到 1941 年左右。——译者注

斜坡上长出了小树。村庄就是几座在陡峭山崖上凿出的窑洞。农民就在这原始的条件下、在极脏的环境中生活。窑洞旁边，一丝不挂的孩子们满地乱爬。他们身上裹着泥，长着疱疹和硬痂。做饭就在窑洞里。黑色的锅里煮着一把小米，灶台冒出的烟弥漫整个屋子。吃的食物几乎没有肉，肉是难得一见的奢侈品。

过了我们住宿的这个洛川市，就进入了"特区"境内，这里距延安有 120 公里。

第十三章　特区（陕甘宁边区）

还在西安八路军办事处时我就见过特区（边区）政府主席、中国国民参政会参政员林祖涵。[①]

他家宽敞的房间里摆着几把编制的沙发、桌子。桌上瓷茶壶里的开水上面，飘着绿色茶叶。墙上挂着斯大林、孙中山、毛泽东、朱德画像。

站在我面前的是位个子很高、身材匀称的老者，他穿着一身蓝色军装，一头银发，嘴唇下面垂着灰色的胡子。他坐在沙发上，慢慢地摇着竹扇，有时把茶碗端到嘴边喝一口茶。

林祖涵是中国老资格革命家。早在国民党成立之前，他就是孙中山先生最好的朋友和战友，积极参加 1911 年的辛亥革命。他同孙

---

① 即林伯渠同志，时兼任八路军驻陕办事处党代表。——译者注

中山一起多年从事革命运动，是国民党中央执行委员会委员，直到 1927 年国民党与共产党分裂。

他于 1920 年加入年轻的中国共产党。从那时起，他就成为一名拥护列宁、斯大林关于民族解放革命伟大学说的坚定战士。他与叶挺、贺龙一道在 1927 年 8 月领导了南昌起义，创建了中国红军。在中华苏维埃中央政府里，他担任财政部部长，当选为中央执行委员会委员。

现在，他是特区政府主席和中共中央委员。

我向他提了关于组建特区的历史、特区政治结构、经济、文化等几个问题。

林祖涵同志说：1935 年中国红军从江西来到北方，结束了长征。[①] 在陕西、甘肃、宁夏等省境内建立了西北苏维埃政府，内辖 18 个县，25 个村，人口 95 万，面积超过三万平方公里，一直到黄河岸边。

日本于 1932 年[②] 侵占中国北方之后，面对民族危机和日本企图侵占中国内地的危险，中国共产党向全民族发出著名的宣言[③]，其中建议成立抗日民族统一战线。

1937 年国民政府与中国共产党达成协议。根据这个协议，国民党和国民政府承认中国共产党的合法存在，宣布停止内战。

遵照协议，也根据中国共产党中央委员会的决定，西北苏维埃政府改组为边区（特区）政府。在特区内建立了民主管理机构。红军改编为国民革命军第八路军。这支军队列入由中央总司令部领导

---

① 此处指中央红军主力 1935 年 10 月到达陕北。中国工农红军长征结束于 1936 年 10 月。——译者注

② 原文如此，应为 1931 年。——译者注

③ 即 1935 年 8 月 1 日起草，10 月 1 日以中华苏维埃政府和中共中央名义公开发表的《为抗日救国告全体同胞书》，亦称为"八一宣言"。——译者注

的中华民国武装力量序列，它的任务是在中国北方和在日军后方作战。

边区的民主管理机构是在普选基础上产生的。人民代表由边区年满 18 岁，没有被判过刑、不是精神病患者的所有公民直接选举产生。

可以说，在中国这个边区（特区）建立了真正的民主管理模式。

在边区里也还有国民党的代表。中国共产党尽一切所能来帮助国民党建立自己的组织。

选举出来的政府成员的生活条件，包括工资、服装、工作等，与边区其他居民毫无二致。边区政府主席每个月的薪水是 5 美元，县长每个月 3 美元[①]。边区政府由四个部门组成：

1）防卫司令部（领导军队、维护秩序）

2）保卫处（同后方的汉奸做斗争）

3）财政监督局

4）政府秘书处

延安是边区政府所在地和主要城市。边区现在辖 19 个县，人口 100 万。还在苏维埃时期，属于地主的大部分土地都国有化并分给了农民。现在，土地国有化已停止，但是，过去充公的土地还在农民手里，他们在耕种，向政府交纳数额不大的税——收成的 7%[②]。如果回想一下，过去农民要向地主交纳收成一半的税，致使他们生活贫困，处于死亡边缘，那么现在交的税是非常低的。

农业、畜牧业是边区经济最重要的领域。政府采取措施增加种植面积，大规模生产粮食。边区的自然条件除了高山就是草原，土地不

---

① 抗日民族统一战线建立后，民国政府 1935 年发行的法币成为陕甘宁边区的本币。法币当时的兑换比价是：1 元法币 = 1.25 英镑；100 元法币 = 30 美元。作者这里指的应是法币。——译者注

② 1943 年以前，边区以缴纳救国公粮方式征税。1938 年征收救国公粮税率以每人每年种粮的收获量为准，从免收到 7% 不等。——译者注

肥沃。几年就会遭遇一次大旱，届时庄稼全部旱死。农民把土地归为己有之后，耕种土地更卖力了。为了抗旱和提高产量，他们使用化肥，组织人工灌溉。

大小牲畜的存栏数每年都在增长。目前在边区已有近一百万头牲畜。

对农民的帮助通过合作社来实现。"农业贷款合作社"每年都在充实自己的资本金。为贫困农民购买种子和农具并用贷款方式分发给他们是这个合作社的目标。"生产合作社"在延安也发展得很好。它把缝纫、制鞋企业，把制陶器作坊，把农具生产，甚至把一系列食品企业都联合了起来。

边区的矿藏丰富，有石油、铁、煤、盐，但是开采这些矿藏才刚刚开始。

在边区有纺织厂、皮革加工厂、造纸厂、农具厂，也还有很多手工业作坊。

边区政府在文化和国民教育方面做了大量工作。过去，在建立政权之前，人口识字率不超过百分之一，整个边区才有120所小学，上学的孩子1200人。现在，有800所小学，两万多名学生在里边学习。边区有一所教师专科学校、一所中学和一所成人职工学校。在边区首府延安市集中了全中国著名的抗日大学、鲁迅艺术学院和众多的技术学校。

边区有很多演出团体，其中主要有："边区民众剧团"[①]、"抗战剧团"。有几个演出团体上了前线，比如"烽火剧团"[②]、鲁艺剧团，以及其他一些团体。

---

① "边区民众剧团"是根据毛泽东同志建议于1938年6月在延安成立，诗人柯仲平任团长，演出剧目主要以秦腔为主。——译者注

② "烽火剧团"，1938年10月在延安成立，团长陈明（丁玲的丈夫）。——译者注

每个村子都有俱乐部，叫"救亡室"，有图书馆。过去，只有外国传教使团在民众中开展"文化工作"。使团的驻地都用高墙围着，而那些基督教传教士们则是武装到了牙齿。农村里这些使团附近的老百姓污秽不堪，吸鸦片，小女孩缠足。按老百姓的说法，一个陕西人一生只洗三次澡：出生时洗一次，结婚时洗一次，死时洗一次。

现在边区居民的识字率在逐年增高。教育局采取一切措施消灭文盲。老百姓学文化的热情很高。除了在小学里对孩子进行强制性教育外，每个农民，不管是男还是女，可以在工作之外的业余时间学文化。这些事情都由组织了专门队伍的大学生们去做。

每个人都参加的群众政治组织在边区社会生活中发挥了非常重要作用。边区的主要组织有："农民联合会"、"工人联合会"、"青年近卫军"、"儿童救国会"、"妇女救国会"以及其他一些组织。

"自卫军"组织在边区占有特殊地位。所有 18 岁至 45 岁有劳动能力的男女都参加该组织。

所有这些组织都积极帮助前线，帮助维护内部秩序，同人民的叛徒——间谍、托洛茨基分子和所有企图削弱战斗后方的人进行斗争。群众组织的全部活动都在抗日民族统一战线的口号下进行。

以上就是林祖涵同志向我介绍的边区生活情况。

我是进入边区的第一个苏联新闻记者。

我透过汽车满是灰尘的玻璃，激动地望着远方。在前方山岗后面，在山谷里，这条路的尽头延安在等待着我们。

（1）青年人的城市

傍晚，远处显现出一座高山。山顶上屹立着一座闻名的延安古塔。在三座山——西山、清凉山、宝塔山下面高高的石头城墙里，延安市蜿蜒坐落。

两个手持步枪、腰佩刺刀的八路军战士在城门口站岗。他们认真地查看证件，告知去"来访客人服务处"怎么走。

与我们同时来到哨兵跟前的还有两位小伙子和一个姑娘。他们的衣服沾满灰尘，脚上穿着破烂不堪用绳子做的凉鞋。他们问哨兵抗日大学在哪里。他们步行走了一千多公里，为的是进入这所享誉全中国的大学。

像中国北方大多数城市一样，这座城市不大。它曾在轰炸中被毁。日军飞机总共20次轰炸延安，一半以上的房屋被摧毁。现在近傍晚，大街上非常热闹。毛驴和骡子到处走来走去，商贩们打开自己的小店铺，人们聚集在张贴的墙报和宣传画旁，读着一些社会组织发布的告示，散着步，热烈地交谈着。

他们绝大多数都是在校学习的青年。所有人都穿着一样的灰色军便服，戴着宽檐草帽。女青年很多。她们甚至穿着灰军装，都剪着短发。

但是，真正意义的延安市位于城墙之外。在北城门和南城门外的山里挖出上百孔拱形窑洞。几所大学、学院、学校、医院、宾馆、政府机关、食堂、作坊、图书馆、仓库都在这些窑洞里。

延安没有一棵树。中国北方大自然的吝啬在这里展露得淋漓尽致。窑洞都建在光秃秃的山坡上，洞口用网子一封，上面糊上纸，固定好后一个小门就做成了。这样的房间墙上不潮湿，夏天里面很凉爽，冬天很暖和。上千人就是这样生活的。

可以大胆地把延安称为一座青春城市，一座抗日青年的城市。青年们从全国各地汇集到这里。小伙子和姑娘们搭着便车，或成群结队地步行去往延安。他们知道艰苦的生活在等待着他们，知道去延安的千里奔波和一年的学习仅仅是在华北战场、游击区和日军后方工作前的预备阶段。

毛泽东

他们停下来跟毛泽东聊农民的一些事情

农民自卫军是边区民主政府可靠的力量，是日本占领军的克星

他们或者搭便车，或者走山路……中国青年爱国者从全国四面八方汇集到边区著名的大学和学院

在延安的郊外

延安的山上建造了几百孔窑洞，大学、学院、医院、宾馆、作坊、俱乐部、宿舍，以及政府机关都坐落在这里（一）

延安的山上建造了几百孔窑洞，大学、学院、医院、宾馆、作坊、俱乐部、宿舍，以及政府机关都坐落在这里（二）

四川一个军工厂的电力炼钢炉

鲁迅艺术学院音乐系的一个大学生。他的这把琴是用竹子秆做的，他真诚地为
人民服务

延安大学生在山顶上开垦和种植了上千公顷土地

边区农村里的宣传画号召人们要"消灭虱子，它传播疾病"

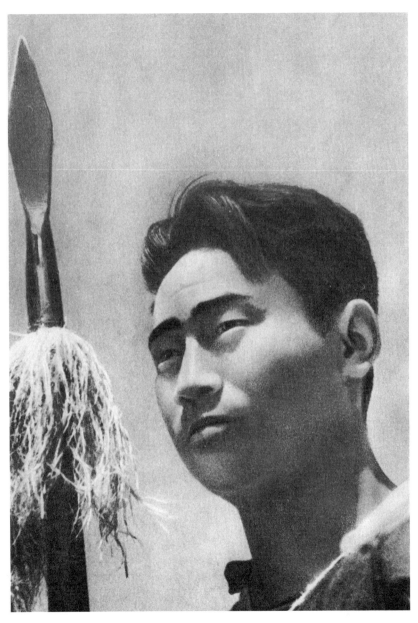

陕甘宁边区农民自卫军的战士

　　前来延安大学学习的青年来自各个党派，但绝大多数是无党派青年。他们都充满着渴望，要把自己的力量、创造能力贡献给争取民族解放斗争的事业。在这个青年群体中，抗战的思想实实在在地深入人心。

　　到达延安和在山顶上一个宾馆安顿下来几个小时之后，我已坐在一个人挤得满满的剧场里。一位身穿军装的人挤过人群朝我走来，我一下子紧紧握住诗人萧三的手。他目前在艺术学院工作。夜晚，他在送我回宾馆时向我介绍了那么多延安有趣和令人向往的故事，我开始担心我的电影胶片存量可能不够。

　　第二天早上，军号声和千人合唱声唤醒了我。山底下大广场上站满列队的抗大学生。一千五百多名学生在这里做早操。大家像一个人一样，随着哨声做体操。太阳刚刚升起，阳光斜射把队列的影子拉得很长很长，影子跟着做相同动作，使人觉得这里有几千人。这些年轻人动作的准确性和步调一致性可以跟参加检阅的我国体育运动员一决高低。喇叭声一响，他们跑步站成一排，校歌播放完毕，他们离开广场去上课。

　　授课在山里的露天进行，每个学生自己带一只小木凳和笔记本。草帽保护着他们免受太阳光灼人的照射。冬天他们也在露天上课。教师是一位八路军指挥员，曾参加过中国红军的长征。他认真地备了课。他用墨笔和彩色铅笔画出作战的几种方案。他解说在山西省一次作战的具体例子。在那里，八路军的两个连占领了一个铁路车站，歼灭一个日军警备队。这位教师一步一步地展开这次作战的各个阶段，分析胜利的原因。他一边移动着红箭头，一边展示主攻方向、策应部队的行动、机枪点的位置。每一位大学生都认真地在笔记本上记下这些要点。

　　上完课之后，我们同几位教师进行了交谈。他们回忆起不久前建校时的艰难。三年前建立了中国红军学院，① 到学院来学习的都是指挥员。中国共产党当时提出了建立统一战线口号，呼吁结束内战，对日斗争。抗日民族统一战线思想在建校之初就被学生们所接受。学院院长② 是著名的林彪同志，他自己既授课、也学习。毛泽东同志上过战略问题课。学院没有任何教材，他们自己整理我军行动、作战的经验，特别重视政治学习。

这是驻扎在保安县时期。

罗瑞卿同志是大学副校长，他说："我们迁到延安之后，吃的是喂马的黑豌豆，建了第一批窑洞，并且继续上课。西安事变之后，内战很快就停止了，这样，红军学院就改编为抗日军政大学。

"第二批毕业生有一千人，毕业时抗日战争已经爆发。三分之一的学生是从华北来的年轻人。第二批毕业生全部派往前线，他们中的大多数人都已成为游击队的组织者和指挥员。第三批毕业生已经有三千名学生。第四批招收的学生共一万人，其中百分之九十为抗日青年，百分之十为八路军干部。有一半毕业生已经上了前线。

"现在建立了大学的两所分校。学生总数为一万五千人。我们学校在北门外已经奠定了大学城的基础。学生们来到延安之后，先从建设窑洞开始自己的学习。入学考试的主要条件是有好身板儿和对民族独立斗争事业的忠诚。现在妇女也在学校中学习。

"大学输送低级别指挥员和政工人员。基本的课目有：战略、小型联合作战战术、工兵和工程兵专业、印刷厂、游击战术、防空保卫战、防化学战、防坦克战、射击理论。特别重视政治纪律。学生们要学习中国革命史、政治经济学、孙中山的三民主义，研究日本的经济

---

① 指1936年成立的西北抗日红军大学，1937年改名为中国人民抗日军政大学。地址由保安迁至延安。——译者注

② 即学校校长。——译者注

和政治制度，研究抗日战争中的群众运动。"

罗瑞卿接着说："我们现在已不像三年前那么穷了，但是也不富有。边区政府每月为每位学生拨款10个半美元①。一年二次为学生发冬季和夏季服装，学生每个月有一美元的收入。教师数量现在增长到近一千人。他们的生活条件，吃的，都跟学生们一样，他们穿的衣服也跟学生们一样，也与学生们一道在田里干活。"

一连几天我都在观察学生们的生活。可以肯定地说，世界上这样的大学生绝无仅有。他们不是所有人都出身于无产阶级。他们中的很多人改变了过去在有钱父母身边过着安逸、富裕、不劳而食的生活。铁的革命纪律已在他们生活中雷打不动。任何一点违反纪律都会在分队全体会议上进行讨论。严格的自我批评已经深入大学生整个社会生活之中。统一战线的敌人有时出于挑衅目的，在学生中间进行分化和非组织活动。全体学生毫不犹豫地把这些人从自己的身边清除出去……

延安的大学生们宣布今年要进行一次远途农活劳动。抗大有个单位一家就在高山上耕种了二万亩地。

天亮时，我跟这些学生一起出发。简直是一支浩浩荡荡的青年大军，他们人人肩上扛着十字镐和铁锹，唱着歌分六队从城墙下出发奔向山里。关于延安大学生进山干农活这件事，艺术学院教师、著名作曲家吕骥写了一首充满战斗激情的歌曲。②

他们直到中午才到达预定地点，简单休息一会儿后，便开始干活。放眼望去，山顶上好像覆盖着一层蚂蚁，有几千人。

他们只休息一小会儿，就一直在这古老的平原上干到太阳落

---

① 当时边区流通货币为民国政府发行的法币，此处即为10个半元法币。1941年后边区开始发行"边币"。——译者注

② 即"开荒"，天蓝作词、吕骥作曲。——译者注

山。他们唱着歌往回返，明天早上还要深入领会复杂的游击战战术纲要。

（2）日记摘抄

5月16日

当地的"国际旅行社"坐落在一座高山上。宾馆由几孔窑洞组成。木制的床板、桌子、凳子、放在露天的洗脸盆。延安接待处①主任（在边区有这样一个处，机关里总共有三名工作人员）是个非常和蔼可亲的人。他一直为不能给客人提供必需的舒适条件而难过。他不顾我多次抗议，一直在试图改善我的日常生活、饮食。他答复我所有必要的问询和建议，介绍我认识了一些人。我未表示反对的唯一真正舒适条件就是提供的一盏小煤油灯。有了这灯，我就可以在一天拍摄工作完毕之后，夜晚坐下来编辑拍摄材料的记录，写日记，摆弄摆弄摄影机。

摄影机使用起来并不顺手，每分钟都有什么地方卡住。胶片在放到摄影机转轴上后，运转不平，出现摄影师们称为的"拌菜"。在这种情况下，拍摄时不得不停止工作，把机子放进一个遮光的口袋里，摸着把"拌菜"解开。但是，就在拍摄了几米长胶片后，又卡住了。我使用的这架"艾姆"摄影机是自动的，是结构非常复杂的摄影机，我从未把它全部打开过。正好赶上天下雨，我用两天时间修理这部机子。当把机子拆开之后，小齿轮、小弹簧、小螺丝整整摆了一桌子。我感到害怕了：万一我组装不上……我都装上了，卡带子现象基本消失。

---

① 当时称边区政府交际科，后来改称交际处。——译者注

　　在我的窑洞里一直人来人往。艺术学院的大学生、新闻记者、青年诗人，军队指挥员都来。很难满足他们无休止的渴望：怎样能更多了解苏联，了解我国的文学、剧院、电影业、农业、宪法。几乎你对他们讲述的一切，都令他们感到新鲜，都准备没完没了地听下去。

　　青年人非常了解和喜爱苏联古典文学和现代文学。在我们的谈话中，他们经常说出一些作家的名字：肖洛霍（肖洛霍夫）、谢拉菲莫伊支（谢拉菲莫维奇）、奥什季洛斯基（奥斯特洛夫斯基）。我国很多复杂的名字，学生们说起来很费劲儿。弗拉基米尔·马雅可夫斯基在大学生中间最受爱戴，知名度最高。我很难想象，用中文怎样来朗诵马雅可夫斯基清晰的诗句。学生们给我念了一段马雅可夫斯基的诗，他们念的就好像是按马雅可夫斯基的风格自己写的诗。学生们自豪地说，他们希望像"伟大的俄罗斯革命诗人马雅可夫斯基"那样去写作。

　　傍晚，我们前去参加第一工人学校开业仪式。这个地方距延安市有 10 公里远。我们把车开到以前的传教使团教堂楼前。在凉爽的半明半暗教堂里，石头地板上坐了几百人，他们都是今天开业的这所学校的学生。教堂墙上贴着革命标语和宣传画。在主席台上就座的有中央政治局委员：王明①，他很敦实，个头不高，五官端正；康生②，瘦瘦的，穿一身开扣运动上衣，花格的"高尔夫"裤子，戴一副大眼镜，有一头披肩、长长的后背式头发；洛甫③，剃着光头，戴着一顶皱皱巴巴卡在后脑勺的帆布帽子，他双腿的膝盖上放着摞在一起的几本书。

_____

　　① 王明（1904—1974），时任中共中央书记处书记、中央统战部部长、中国女子大学校长。——译者注

　　② 康生（1898—1975），时任中共中央书记处书记、中央社会部部长。——译者注

　　③ 洛甫（1900—1976），即张闻天，时任中共中央书记处书记，兼中央宣传部部长、延安马列学院院长。——译者注

他聚精会神地读着其中一本，忘掉了周围发生的一切。他有时抬起头，在全场热烈鼓掌时，他用思想家那近视、善良的双眼看看听众。

他们都轮流做了简短发言，受到全场热烈欢迎。

毛泽东本来是要出席的，因生病未来。我焦急而又激动地等待着与毛泽东的会见和谈话。

5月17日

我在街上遇见一位印度医生。面孔好熟悉。过去在什么地方见过这个人呢？我们互相长时间看着对方，终于想起来了。他去过西班牙，在国际纵队当医生。在这里，他与一个印度医疗队住在山上，在八路军一所医院里工作。他们都是外科医生，是印度国民议会主席团派他们来的。1938年9月1日他们从印度出发，经过香港、广州来到长沙。在见到中国红十字会会长罗伯特·利姆①时，他们表示希望到最需要他们的地方，到八路军那儿去工作。最初他们在汉口的军队医院工作。伤员撤离之后，他们就转到宜昌，然后在重庆工作。今年1月，他们来到边区（特区）。

他说："我们带来了58箱药品，一台X光透视机。我们在这里工作，感到更能有所作为。"

我对他说："您在马德里的生活比在中国稍好一点，但您的同志们能受得了这里生活的艰苦条件吗？"

他说，"哦，我们已经习惯了。我们感觉在窑洞里已经度过整个一生了。请务必到医院来，您会见到很有趣的东西。"

我们商定近日内见面。

---

① 即林可胜（1897—1969），祖籍厦门，生于新加坡，中国现代生理学主要奠基人。抗日战争全面爆发后，中国红十字会成立临时救护委员会，林可胜担任总干事，1938年春委员会改称中国红十字会救护总队，林任队长，提出战地救护体系思想。林曾派遣救护队前往延安，并向八路军、新四军运送过药品器材，引起国民党方面不满，林于1942年愤而辞去队长职务。后移居美国。——译者注

5月18日

晚上下班之后，我们与一些同志在延安一个集体食堂吃晚饭。大学生们在口袋里有几元钱后也到这儿来用餐。不是经常如此，只是在领到奖学金这一天。到那时就举行一场狂饮，其间，几大碗煮熟的猪肉、分倒在小茶碗里的两锡壶低度热酒一扫而光。大家齐声高唱歌曲。那些延安艺术学院文学系青年大学生诗人们朗诵起自己的新诗作。这样同志式的晚餐结束之后，大家唱着歌各回各家。接下来他们要准备整整一个月吃煮小米饭。

食堂里很干净，墙上贴着鲜艳的标语：

"合作社的目的不是赚钱，而是为人民服务。"

"合作社符合革命战士的利益。"

"我们这里味道可口，价格便宜，炸弹炸不着。"

一段时间里，合作社的员工们兴致勃勃，把所有的菜都改了叫法。他们把传统的老菜名改掉，在菜谱上出现了一些新名：

鸡——"游击队"；

汤——"抗日战线"；

炒白菜——"一切为了对日斗争"；等等。

这些激情勃发的合作社员工们后来被"纠正思想"了，菜谱重新使用通常叫法。

经介绍我们认识了坐在邻桌的唯一一位欧洲人，他是边区的老住户。其实人们称他为欧洲人是因为他不是中国人。他是阿拉伯人，是边区的主要医生，名字叫马海德。他有宽宽的肩膀，体格健壮，一双忧郁的大眼睛，眼珠像橄榄果一样黝黑黝黑。他脸上长着一个星期未剃刮浓密斑白硬朗的胡须，头上戴着一顶褪色的中国战士帽。他出生并生活在美国，加入了共产党，在医科大学毕业后来到中国。他在边区民众中深受爱戴和尊敬。他与大家一样，住在窑洞里。他一个人为上千人提供医疗服务。

边区老游击队员——农民自卫军的旗手

晚上，他跑到我这儿来"武装"自己的"徕卡"照相机。由于没有胶卷，他已很久没用这个相机照相了。整个晚上他介绍很多有趣的人、习俗、延安居民的生活方式。

5月22日

已经拍摄很多了。这些天从早干到晚。拍摄抗日大学学生们的生活和生活习惯，拍摄艺术学院、田间劳动的农民。这是我在中国拍摄的在自家地里耕作的第一批农民。这些田地曾经是从地主手里夺回来的，土地很贫瘠，干旱。人们用简陋的工具耕种，但不管怎样，这是自己的土地。

昨天我拍摄了农民自卫军集合的场面。一百名左右农民手握大刀和长矛，从几个村子赶到集合点。用钢模压出来的长矛闪闪发亮，长矛锋刃下的底边上装饰着一束红色兽毛穗子。一些长矛的这些穗子是用染成鲜红色的蒲草做的。当自卫军举着红旗在山路上行走，看着这些人，你会想起所有听到的介绍华北英勇的游击队的故事。

他们都有一张刚毅的脸庞，一副长满肌肉健壮的身躯。他们穿着打了补丁的自制土布衣服，戴着宽檐草帽或者头上裹着蓝色和灰色的缠头。一个矮个老头举着旗帜。他是位老游击队员，穿着一身有点像过去某个时期的军官服。他头戴一个大草帽，帽檐比他的肩膀还宽出好多，他不停地用旗杆把草帽向头侧面推移。他庄重地走在队伍前面，高高地抬起穿着短肥裤子但赤裸的双脚。

自卫军是边区民主政府有生依靠力量。他们有丰富的游击斗争经验，经常进行军事训练，打击土匪活动和鸦片走私，抓获间谍和汉奸。边区民众中的男人几乎都是自卫军和"青年近卫军"队伍的成员。如果敌人进犯边区，自卫军会与正规部队密切协同作战，他们在这些对每条小道都了如指掌的山区里，无情地打击敌人，直到彻底歼灭。

5月23日

早晨在山上和山谷里浓烟低垂，遮住平时这里蔚蓝的天空。有阳光的日子里，在浓浓蓝色背景下，光秃的山岩豁口披上一层耀眼的金色，已被开垦的山顶飘洒着火红色的斑斑点点。这整个就是一幅美妙画卷，它像空气一样透明，展现在这无比壮观的蓝天里。但是现在由于浓烟无法拍摄。我登上一座高山，在一间很深的窑洞里参观当地报纸《新中华报》的印刷厂。这间窑洞四面墙上都刻着佛像。这里的佛像总共有一万尊，都是各种大小不同的规格，有些很小，像火柴盒那么大，有些很大，有两人高。印刷机有节奏、从容不迫地不时敲打几下，把报纸一张一张地抛出来。在边区除了这份主要报纸外，还出版一本印数六千份的军事政治杂志，还有一份报纸《解放日报》[①]（发行量七千份），还印刷很多种小册子。

（3）边区的幼儿园[②]

在日军几次轰炸延安后，边区政府决定把幼儿园和小学搬迁到距首府远一点的地方。

天刚亮，太阳还未从山后边升起，我们就已开始上山。山脚下有一个 10 孔窑洞的旅馆，几匹矮个头、毛发蓬乱的中国马已在等待我们。我们把摄影机和胶片放在一头小毛驴背上。在艺术学院附近，萧三和边区主要医生阿拉伯人马海德也加入我们的队伍中来。

在山里要走 60 公里，这可是艰难、令人疲劳的路程。按照计划，

---

① 原文如此。《解放日报》于1941年5月16日创刊，其前身为延安《新中华报》和《今日新闻》。——译者注

② 幼儿园当时的全称为"陕甘宁边区战时儿童保育院第一院"，李芝光为第一任院长（1938.10—1939.12）。——译者注

我们在太阳下山时才能抵达此行目的地。一整天我们都在路上。一直在走，很少休息。我们在一个不大的村庄停留了一下。在一个干净的农民家里，宽敞的窑洞炕上，女主人已为我们铺上亮晶晶的草席，她端来一碗煮熟的带皮的土豆，拿来大葱、小萝卜，还有几张在煤火上烤熟的白面饼。

我们两次遇到骆驼队，他们从遥远的内蒙古走来。骆驼脖子下面拴着的大铃铛发出凄凉响声。在商队前面一般还会有人数不多的蒙古骑兵队。

每走一步，在我们跟前不时会从茂密灌木丛中飞出体大漂亮的野鸡。我和马海德决定无论如何要用枪打一只，以便在下一站休息时能做一道新鲜野味炖菜。但是非常遗憾，我们没有步枪，而超过25步就无法靠近野鸡。几次尝试用我的毛瑟手枪打，但都一无所获。

近傍晚时，过了安塞小城，我们已经完全在黑暗中开始沿着山谷里的羊肠小道前行。月亮出来了，为我们照着路。近半夜时，我们看见前方某些建筑的轮廓。几位妇女朝我们迎面走过来，她们是幼儿园的保育员。我们把马背上的鞍子卸下来，躺上窑洞里的铺板，很快就深深进入梦乡。

一大早我们就被孩子们此起彼伏的喧闹声吵醒。我们未及洗漱，就走进一座宽敞干净的院子，在四处摆放的积木和各种木制玩具中间，20名小孩子在玩耍，他们穿着背部以下剪成裤子的蓝色套装，戴着亚麻做的白色军帽。

他们这是第一次看见一个欧洲人。孩子们感到很惊奇。老实了一会儿后，他们就把我们团团围起来，不停地打量这个在中国习惯称之为"洋鬼子"的人。但是，惊异很快就变成了热情。孩子们做起自己平时做的活动，他们不仅丝毫没注意我，而且也没注意摄影机。我拿着这部机子记录下鲜活的场景：几个孩子搭建小房子；一个孩子自己把鼻子碰出血后泪流不止；另一个孩子欣赏靠自己双手用积木搭起一座小房子后兴高采烈地大笑。

最值得一看的是吃午饭。在院子中间摆上几张桌子和小凳子。值班的孩子规规矩矩地把搪瓷碗和筷子放在每人前面，给每个桌子端来热腾腾白米饭和几碗牛奶。几位个子最高的小胖墩儿筷子用得特别敏捷，快速地吃完一碗又一碗。我感到非常高兴的是，这些孩子们一点没注意我用摄影机拍摄他们粉红小脸的特写。

在边区幼儿园生活和接受教育的都是八路军战士和指挥员的孩子，以及延安市职员和工人的孩子。他们在这里感觉良好。孩子们日常生活和游戏安排得井井有条，几位保育员负责关注他们的身体、发展和成长，有几个小伙伴是当代中国著名社会和政治活动家的孩子。眼前这位三岁小孩是新四军副军长项英的儿子。在问起他的父亲现在在哪儿时，他回答说：

"在打日本鬼子！"

"那你妈妈呢？"

"也在打日本鬼子，我长大了，也要打日本鬼子。"

他还是吃奶的婴儿时就来到这里。幼儿园用橡皮奶头把他养大。

一个小女孩5岁，她的一对浓眉连在一起，长着一双充满幻想的大眼睛。她是著名女作家、战士丁玲的女儿。丁玲现在正在日军后方的八路军部队中积极从事政治工作。另外一个小女孩是著名教授、评论家陈伯达的女儿。

幼儿园园长李芝光是一位讨人喜欢的妇女。她衣着整洁、一头银发，戴着眼镜。她自己有5个孩子，其中一个儿子在军队，两个女儿目前在艺术学院学习：一个是歌手，一个是诗人。另一个女儿在延安抗日大学上学；最小的女儿，也就是第五个女儿现在在重庆上学。早在战争爆发前在北平时，李芝光就开始做儿童工作。战争爆发后，她就全身心地投入这项事业。

园长兴致盎然地给我们介绍自己抚养起来的这些孩子的情况，介

边区幼儿园。健康的小胖子运用筷子自如

边区的小学生一大早去上课

绍他们的表现、性格等。

例如郑志民（音译）这个小孩，没有父母，在农村一个农民家里寄养三年多，然后来到延安。他像一只无人照管的小狗，在延安城里爬来爬去。他的性格古怪，在幼儿园已经整整一年，但是怎么也融入不到集体里边。他是个典型独来独往的人。瞧，现在他离所有孩子们远远的，一个人在角落里玩，是个任性、易受刺激的孩子。有几次他想跟大家一起玩，但是一会儿他就把所有玩具都抢在自己手里，如果不给他，他就动手打人，然后一个人走开。有一次不知因为什么让他站墙角，而当允许他离开时，他却拒绝了。

"让园长来找我！"——他说道："让她亲自跟我说"！

他有几次答应要好好表现，但是一生气后，又故态复萌。

孩子们喜欢玩打仗，但是每次玩之前都会争吵，吵到痛哭流涕：谁也不愿意扮演日本人，每个人都愿意当指挥员或者游击队员。最可怕的侮辱就是骂某某人是日本鬼子。

当一个孩子从另一个小孩手里抢过玩具，那个孩子大哭，并宣称："你是日本帝国主义者！"

有一次来位成年人，亲切地抬起一个胖胖的、长着粉红小脸孩子的下巴，开句玩笑说："哎，你可真胖啊，你长得可真像日本天皇！"

这个小孩大哭起来，费了好大劲儿才把他安抚不哭了。

一次不知因为什么孩子们打了起来，有一个年龄稍大一点的孩子去劝架，说服他们停止对骂。当他看到说服不管用时，他用中共党员常说的那句话对孩子们大喊一声："中国人不打中国人！"打架立刻停止。

在这个幼儿园里共有71个孩子，2名医生，几名护士，20名保育员。孩子们吃得很好。每周换一次床上用品。幼儿园所用经费都由边区政府划拨，一部分由"战时儿童教育组织"拨给。

傍晚，我们告别了孩子们。他们对我们已经完全习惯了。太阳慢慢地落下山去，孩子们也都回到各自的窑洞里。

（4）"小鬼"

我们一大早就上路，还要参观边区的一所小学。这所学校也在这儿，有几公里远，在山里。学校是去年11月建立的。起初有50多名孩子，现在已经有二百人了。

学校靠边区政府教育局和"战时儿童教育组织"提供的经费维持运转。边区的学校很多，都坐落在农村。这所学校是一所中心校，在这里学习的都是附近农民的孩子，以及八路军战士和指挥员的孩子。

学校为六年制。从幼儿园结业的7—8岁儿童可以进入这所学校。课本和教科书也由边区政府教育局提供。

边区的所有机构都坐落在窑洞里，我们对此已习以为常。这所学校占据几排窑洞，位于两座山坡上和一道沟壑里。我们沿着边上走，以免吸引孩子们的注意力。学生们在一棵枝叶茂密的大树下，坐着木制小板凳上大课。每个学生上课时同课本一起还要带上板凳。一张黑板靠立在树上。

我们参观了学生们的宿舍，各年级的教室。在穿过食堂和图书馆时，看到一个很大拱形房间，像个俱乐部，很干净。网状的窗户都糊上了纸。墙上到处贴着学生们创作的开展对日武装斗争题材的画。在孩子们睡觉的上下二层床上，被子卷成一团放置在床头，上面露出崭新的床单。

趁着孩子们在上课，校长向我们介绍了这个学校以及整个边区的教学工作。孩子们学的课程有：生物、卫生、政治基础知识、声乐、绘画、地理、中国历史，同时掌握一些世界历史的信息。

政治课的内容包括：民族解放战争问题、统一战线问题、边区情况。学生们学习的题目有：我们的边区；中国——半殖民地的国家；日本企图奴役中国；内战——这不是中华民族之路；全国的民族运动；和平与统一；国共合作是民族统一的基础；建立在孙中山"三民主义"基础上的共和制国家；共产党应该成为坚定革命的榜样；与托洛茨基分子开展斗争，以及其他一些题目。

俱乐部是这个学校最大的辅助性部门。在这里，成绩及格的学生帮助落后的学生。作为俱乐部成员的孩子们在附近农村里做了大量工作。他们帮助农民干农活，号召农民克服打赤脚的野蛮习惯，教他们如何讲究干净和卫生。在医院里，他们代伤兵给老家写信。俱乐部成员开展半军事化训练，到山里去学习游击战。

孩子们完全能够生活自理。说话间，一个15岁的男孩走了进来。他的肩膀上缠着绷带。他是学校今天的值日生。校长把他叫过来并把我们介绍给他。

校长说："他叫陈辉良（音译），参加过长征，不久前才开始在学校学习，是从部队来的。"

这个孩子穿一身褪色的帆布军装。这件衣服他穿着过大，上衣口袋已经垂在了腰间，他不得不把袖子卷起来。像所有孩子一样，他头上戴一顶帆布小圆帽。他的脸黝黑，但表情镇定自若，行动非常缓慢。

他坐到我们跟前，在回答我们问到的一些事情时，介绍了他这位少年革命战士的生平。在红军来到四川时，他当时10岁。他没有父母，跟爷爷一起生活。爷爷从早到晚在地主家田地里干活，年幼的陈干家务活，做饭。后来在村子附近进行了一场激烈的战斗。红军连续几昼夜打退进逼的敌人。在这些天里，很多贫苦农民加入了红军。他与自己的一个同伴约好，便参加了红军。

我问他："你怎么能把爷爷丢下不管啊？"

他说："我跟爷爷商量好了。他同意我参加红军，并祝福我。"

陈在红军里是"小鬼"。人们这样称呼那些参加红军、完成战斗任务和后勤任务的孩子们。这样的"小鬼"在红军里有几千人。

陈说："开始时我给 28 团政委当勤务兵。我不会打枪。后来我弄到一支步枪，学会了射击。当子弹朝我打来时，我也不当回事了。子弹呼啸着在头顶上飞，但我对此已习以为常。当我们穿越大沙漠时，我也像所有战士们一样，5 天没吃东西，喝的是咸水，我的枪由成年同志背着，我背不动它。穿过沙漠之后，我与几个同志一道去了山西省，在那儿打击日军。现在我已经上三年级了。"

"他学习很好。"——校长说。

我问他："学习结束之后，你准备干啥？"

"到抗日大学去学习。"——他说。

"战争结束后干啥？"——我问。

"去苏联学习，当一名飞行员。"——他回答说。

有人在叫他，他规规矩矩地鞠一躬，走了出去。

这样的"小鬼"在延安很多。他们都自豪地对人说："我参加过长征。"

很多这样的"小鬼"目前在八路军部队中、在日军后方继续从事军事工作。

学校里还有一名学生姓彭，13 岁，也在四川，在宣汉县生活过。他与母亲和舅舅生活了七年。舅舅是个小商贩。当红军来到四川时，小彭就加入了红军部队，被分配到剧团。

他说："我跳舞唱歌，很多歌都是我们自己编的。当红军从一座山退到另一座山时，我们利用在村子里短暂休息时间为农民和战士们演出。战士们看了演出之后，变得更加勇敢。后来我弄到一只鼓，就敲着鼓走在队伍前面，激励战士们不要退缩。"

"你当时不害怕吗？"——我问道。

"我们是为自己的利益而战斗。"——他回答说。

"那你要是被打死呢？"——我说。

"那，死就死了呗！我一个人，没关系，这是为了全人类的利益。"

我充满好奇地看着这位长着一双大眼睛的孩子那消瘦的小脸。他这是把这些词背熟了？不是的，这些话是从这位小战士热血燃烧的心灵深处发出来的。后来，长征结束后他参加了八路军。在山西省他负了伤，一个弹片打进腿里。他卷起一条灰色的裤腿，给我们看那个大伤疤。

"那你在长征中还做什么了？"我问。

"我们穿过沙漠之后，打了很多仗，伤员很多。我们连续打仗，有半个多月吃的尽是草。我负责照顾伤员，用草给他们治疗。"——他说道。

校长后来跟我说："这个小战士现在上三年级，是个聪明、能干的小伙子。他是个出色的演说家，过去非常淘气，爱打架，但现在几乎眼看着渐渐改正了。他把全部业余时间都用来看书。"

"你现在看什么书呢？"我问小彭。

"我读报，看书，我非常喜欢读关于苏联的书。书中写道，苏联帮助所有积贫积弱人民的斗争。我读过介绍苏联儿童的书。"他说。

他把胳膊支撑在桌子上，一脸严肃地说："我要去苏联，到那儿去学习，我要当一名飞行员。"

我打断他说："你看，你们大家都想当飞行员。但是要知道，中国很快就需要大量的技术员、工程师、机车司机。"

他想了一下，回答说："这个我知道，如果需要的话，我将来可以当工程师。但是，我还是决定当一名飞行员。"

"现在你的妈妈在哪儿？"我问他。

"我妈妈在四川。我给她写了几封信，都没回音。可能她给我回信了，可我不停地移动地方。"他回答说。

他沉默了一会儿，突然出人意料地说道："我干嘛要家！我是为国家在工作。如果我顾自己的家，那会影响工作。我决定不再给我妈写信了。你看，在苏联……"

我打断他的话说："在苏联，孩子们都尊敬自己年迈的父母，关心着他们。"

小伙子略微显得尴尬。

他说："我还有个姐姐，现在已经20岁了。她当时在四川也参加了红军，那时她15岁。她是妇女独立团的战士。她现在在延安工作，可以照顾一下母亲。我自己也知道，如果我给我妈写信，但没接到她的回音，我会非常不安，工作也干不好。最好是不写……"

中午，当令人窒息的酷热来临时，学生的课程都停了。孩子们都休息。他们把我们围了起来，每个人都争先恐后地想讲点啥，展示自己的画作，询问能不能把他们这些画作为礼品寄给苏联的孩子们。当我答应他们一定转交这些画时，他们便跑回各自的房间，还有一些人又坐下来画画。

校长介绍我认识了一位十一岁的孩子。他叫黄晓林（音译），是被日本人处死的一位革命作家的儿子。

校长说："这是我们天才的画家。您看，他画得多快。"

小黄手里拿着毛笔和一张纸，问道："给您画什么？"

"那你就画中国战士打日本鬼子吧。"我说。

他琢磨了一分钟，便把毛笔蘸上墨汁，一幅栩栩如生的画瞬间在他的毛笔下出现。他非常自如而又简洁地画出溃逃日军的样子。远处炸弹爆炸，士兵手拖步枪弯着腰向前跑。简直不敢相信，这个孩子哪里学来的这个技艺，能够瞬间表达生动的形象。第二幅画的题目是"中苏儿童友谊"，也是很快画就，同样显示出他的天才。

这个孩子绝对是个天生有才的人。

我问他："学校毕业后你准备做啥？"

他回答说"进艺术学院。"

我又问："你长大了想做啥？"

他说："我想成为画家和一名战士。"

钟声又在召唤孩子们上课。他们在告别时，匆忙交给我一大包作为礼品赠送给苏联儿童的画作。当知道我天亮时就返回延安，他们答应过后把致苏联儿童的信给我送来。他们说："在这封信里，我们将写：我们热爱苏联，我们热爱全体苏联儿童。我们非常羡慕苏联儿童，他们多么幸福啊，为他们建设了宏伟的少年宫。这些消息我们都读过了。我们胜利之后，也会生活得很好。"

孩子们拿起自己的小板凳和书本，分头去上课。几分钟后，当我们沿着通向河边的斜坡山路往下走时，在大树底下上课的孩子们在呼喊着什么，热情地向我们挥舞着小手。

几天之后的一个晚上，有人敲我窑洞的门。我用中文喊了一声"来啦"（请进）！

门轻轻地推开，进来一个小男孩，满身尘土。看得出，他走了一天的山路。

他说："我给您带来一封信。我们学校的孩子们给苏联儿童写了一封信。您答应把信带到莫斯科。这就是那封信。"

小男孩翻了翻衣服侧面一个口袋，拿出一个信封，郑重其事地交给我。这封信是这样写的：

——致我们苏联小朋友的信——

亲爱的苏联朋友们！

1937年卢沟桥事变发生之后，日本人杀害了大量中国儿童。在决定中华民族生死存亡关键的这几年里，我们得到你们巨大的道义支持。亲爱的朋友们，我们为此向你们深表感谢。

我们的国家正在进行抗日战争。这是一场争取世界和平的战争。

　　你们在 1917 年开始了愉快而又幸福的生活。世界上所有小朋友们都羡慕你们的生活。我们结束这场战争时，不仅要把日本人赶出去，我们还要建设一个新的、快乐和幸福的中国。

　　亲爱的苏联朋友们，全世界儿童都应该携起手来，勇敢地前进，在整个地球上建设新生活。我们请求并且希望你们能帮助我们，给我们出主意。亲爱的朋友们，向你们致以革命的敬礼。

中国特区小学你们的全体朋友（签名）

　　小男孩鞠了个躬，准备出门。我们好不容易劝他留下来吃晚饭并住下。晚饭后，小男孩洗漱一下就脱了衣服。还没等钻进被窝，他就沉沉地睡着了。

（5）窑洞里的艺术学院

　　在一座古老的孔庙废墟旁边站着一位农民。他头上缠着蓝毛巾，手里握着一支步枪，肩上挎着子弹袋，脚上穿着草鞋。他一动不动地站着。一群延安鲁迅艺术学院的大学生分坐在他旁边的小凳子上。学生们在画一位游击队战士肖像。一些人的铅笔草图已经变成各个细节完备的画了，笔法技巧很成熟。

　　我们爬上一座高山。艺术学院就坐落在这座山上，这里有宿舍、展览室。我到延安几天后，对所有的一切已经不再惊奇不已。以中国伟大作家鲁迅名字命名的这所艺术学院坐落在大山朝东山坡的窑洞里。这有什么奇怪的？大学生们满怀信心地说，两年之后，学院将迁到北平或者上海，具体在哪儿，他们还没有确定。在这方面，没有任何做不到的，就如同一些中国艺术最杰出代表从北平、上海、南京来到延安一样。这些人都是绘画、音乐、诗歌、戏

延安艺术学院学生们的画作全是民族解放战争的军事题材

抗大学生们不论冬夏全在露天上课

剧、文学的著名大师，现在都穿着军便服，绳子做的凉鞋，吃着稷米，教授学生们要用毛笔、钢笔、诗歌、宣传画、响亮的战歌打败日本人。

陕北公学院校长、老文学家和评论家成仿吾在鲁迅艺术学院讲授中国现代文学。作家严文井、沙汀，诗人何其芳、萧三，作曲家吕骥、向隅①，画家沃渣②、丁里③，剧作家崔嵬、左明④、姚时晓⑤都在这里教课。

艺术学院于 1938 年 4 月根据毛泽东和周恩来的倡议创建。第一批学生 60 人同一些老师一道从挖窑洞开始自己的学院生活。在总结一年工作的展览⑥上，张帖着毛泽东书写的标语："坚持革命的浪漫主义和抗日的现实主义"⑦。展览墙上挂着学生们的作品，它们都充分体现着抗日现实主义的风格。一张张尚待加工的铅笔素描，色调柔和、清晰的水彩画，明亮抢眼、呼之欲出的宣传画，舞台布景画，木刻画，杂志封面，政治漫画，等等，从第一笔到最后一笔，都画的是民族解放战争和统一战线的军事题材。

---

① 向隅（1912—1965），1937 年到延安筹建鲁艺音乐系并任教员，新中国成立后任中央人民广播电台音乐部主任。——译者注

② 沃渣（1905—1973），著名版画家，曾任延安鲁艺美术系主任，新中国成立后任北京荣宝斋经理。——译者注

③ 丁里（1916—1994），画家、剧作家、导演，新中国成立后任解放军总政文化部副部长。——译者注

④ 左明（1902—1941），原名廖左明，中共党员，著名剧作家。1937 年到延安，曾编有著名话剧"放下你的鞭子"。——译者注

⑤ 姚时晓（1909—2002），戏剧家，早期创作很多著名话剧，如"炮火中""林中口哨""今天"。1938 年后任延安鲁艺教员，新中国成立后任中国剧协上海分会副主席。——译者注

⑥ 1939 年 5 月举办的"庆祝鲁艺成立一周年战地写生画展"。——译者注

⑦ 据资料记载，毛泽东题词的原文是："抗日的现实主义，革命的浪漫主义。"——译者注

所有这些作品的抗日现实主义不仅体现在其内容上，而且也体现在画法上。这里墙上展出的，只是学生们创作的一小部分作品。这样的宣传画、绘画和漫画在靠近前线的村庄里，在山西、河北、山东省的日军后方都能看到。日军从游击队驻扎过城市的墙上撕下这些画，农民们则在菜筐里装上刊印着这些画的一沓沓报纸。学院学生作曲家们创作的歌曲在游击队和八路军战士中广为传唱。他们正是唱着这些歌曲参加战斗、打胜仗和战死。

现在，学院三百名学生中有二百人去参加生产实践，在前线的八路军部队中工作。学院的农村宣传队不久前才从日军后方考察回来。宣传队一边做宣传工作，一边收集民间创作素材。

尽管教材极为缺乏，但学院的理论教学每个月都在深化和扩充。在文学系和音乐系，学生们学习世界文学艺术史、音乐文化和中国古代艺术史、和声、作曲和配器。学院的学生们一边学习，一边创造新的马克思主义的中国艺术历史。

像抗大学员一样，艺术学院的学生也在田间劳动，建立自己的生产基地。毫无疑问，他们生活上完全自给自足。

轻轻的弦乐器演奏声从一个窑洞里传来。我悄悄地往里面一看，一个小伙子跷起二郎腿，坐在床上，若有所思地望了望窗外，便用两根弦的民间提琴演奏一支农村的曲调。他背后的墙上贴着莫扎特、贝多芬、李斯特、柴可夫斯基的肖像。很显然，这几位天才的音乐家丝毫不会感到有伤大雅，因为小伙子的这把琴是用一个罐头盒子做的，而弓子用一根小竹棍儿做成。音乐大师与这位窑洞居民生活在同一天地里。简陋的乐器在小伙子手中真诚地为人民服务。

晚上我们同鲁艺的一些学生和老师坐在一座孔庙废墟旁聊天，望着一轮硕大圆圆的月亮。年轻作曲家向隅坐在那搂着自己的妻子。她的名字叫唐荣枚①，很快就要当妈妈了。她曾在上海音乐学院学习。

"想不想听我给您唱首歌？"她说。

唐荣枚用清脆的女高音唱了一首描写囚徒的歌曲"太阳出来又落山"②。这样，这场即兴音乐会就在废墟旁的月光下开始了。我们四周都是石碑、布满浅浮雕的精致拱门、中国古代无名石匠创作的宏伟石雕残块。很多世纪以前，一些杰出的雕刻大师在这里生活和创作。现在，在20世纪，中国共产党人在这片土地上创建了艺术学院。

巴黎音乐学院毕业的作曲家和小提琴家冼星海唱了一首歌颂黄河的歌曲，他本人是这首歌的作曲者。寂静的夜晚中回响着他那浑厚的声音。这首歌描绘了黄河作为中国古老文明的摇篮、作为中华民族摇篮的光荣和伟大。这首歌唱道：

> 啊，黄河，你是伟大坚强，
>
> 像一个巨人出现在亚洲平原之上，
>
> 用你那英雄的体魄，
>
> 筑成我们民族的屏障。
>
> 狂风啊，你不要叫喊，
>
> 乌云啊，你不要躲闪，
>
> 黄河的水啊，你不要呜咽，
>
> 今晚，我要投在你的怀中，
>
> 洗清我的千重愁万重冤。
>
> 你要替我把这笔血债清还。
>
> 啊，黄河，掀起你的怒涛！

---

① 唐荣枚（1918—2014），1938年在延安鲁艺音乐系任教员，新中国成立后曾任中央民族乐团团长。——译者注

② 这是20世纪初莫斯科艺术剧院上演高尔基的话剧《底层》里面的一首插曲。

黄河，你听你听，

松花江在呼号，

珠江发出英勇的叫啸，

扬子江上燃遍了抗日的烽火，

怒吼吧，黄河，怒吼吧，黄河，

向着全中国受难的人民，

发出战斗的警号，

向着全世界受压迫的人民，

发出战斗的警号。

端起步枪，

挥动着大刀、长矛，

保卫家乡，

保卫你，黄河！①

在我身边的石头上坐着小徐②，他参加过长征，体格健壮，是一个出色的骑手、抒情诗人、领唱人、乐天派、神枪手。几天之后，他将告别艺术学院上前线。

他充满憧憬地说："在你那遥远幸福的国家里，青年人同样在学习拉小提琴、写诗、画画和唱歌。请你把我们这儿的情况、我们进行的斗争、我们创作的歌曲都讲给他们听……"

我拉住他的手，我们久久默默地坐着，仰望满天繁星，思念那个遥远的国家……

---

① 本书作者把《黄河大合唱》里的歌词和朗诵词中的段落和字句揉在了一起，个别字句表述与原文略有出入。——译者注

② 即陪同出席活动的鲁艺政治处主任徐以新（1911—1994），1928—1931年留学苏联，新中国成立后任驻阿尔巴尼亚等四国大使、外交部副部长。——译者注

（6）毛泽东

　　我见到毛泽东之前，在我去过的大学、小学、幼儿园，每一孔窑洞，我所见到的一切都使我感受到这位天才的组织者、领袖、思想家的精神。他的名字被热烈地到处传(«。去年有几千名新大学生蜂拥来到延安，但是没有地方住。正是毛泽东把这些学生召集到一起，发表了一篇鲜明、睿智的讲话，题目是《建窑洞是掌握马克思主义精髓的第一阶段》。很快，在延安北门外山上，一座新城拔地而起。

　　去见毛泽东的路上，我们穿过延安城。继鲁迅艺术学院和抗日大学之后，又一座大山近几天被划拨给业已开课的中国女子大学。几千名姑娘和妇女从全国各地来到延安，在这所大学学习。我们两次涉水过河。

　　第二次过河后，一位女骑手策马奔驰追上我们。与我们并排而行时，她紧急勒住马，来回做着手势热情欢迎我们。这个人是毛泽东的妻子。如同成千上万的中国男女青年一样，她几年前来到边区，在抗日大学学习。她在离开上海时是中国一位著名的演员，现在她是一名年轻的共产党员。她负责为毛泽东写日记、记录他的所有讲话、抄写文章、完成一些个别交办事项。现在，她正从毛泽东委派她去的一个遥远村庄返回。她骑着一匹其貌不扬的中国小马，手紧握着勒马嚼子。两条辫子用一根小绳缠绕在脑后。她身上穿一件缴获的日本军官大衣，光脚穿着一双毛制凉鞋。

　　"我先去告诉一下毛同志，就说客人正往他这儿赶。"她说道，并掉转马头疾驰而去。她右手向后甩着，保持身体倾斜度向前飞奔，身后扬起一团尘云。

　　我们登上山，哨兵把我们引进一孔窑洞。这个窑洞与延安青年学生住的其他几千孔窑洞毫无区别。

肖像上的毛泽东一般都被画成脑袋宽大，脑门很高，长长的黑发匀称地分向两边，两眉之间有一道深皱纹，眼神直白、刚毅。

现在，当他面带欢迎的笑容从办公桌后朝我迎面站起身时，我在这个人身上寻找着肖像上那些熟悉的特点。很多地方都非常像：头部长得很漂亮，脖子很细，嘴的轮廓好似刀刻斧凿一般清晰，上嘴唇稍稍向上翘起，上面有一个小深坑，这样的嘴唇使人感到随时会兴奋地笑起来。

我激动地握着那只并不粗壮但指头很长的手。我们坐下来，互相打量着对方。很显然，这场会见对他的重要意义丝毫不亚于对我的意义：一个活生生的真人，来自莫斯科，来自遥远的斯大林的国家！

我挨着毛泽东坐下来，挨着这个名字笼罩着勇敢、不屈不挠意志、英雄主义、最平易近人等传奇光环的人。他穿一身灰布军便服，外面又套着一件又肥又大的针织短衣，脚上穿一双细绳纳底的帆布鞋。

他在这孔窑洞里生活、工作、思考。一张写字台、一张用粗糙木板钉制的床、几个放满图书的书架、一把藤椅。他喜欢在疲劳时，闭上双眼，仰坐在藤椅上。这就是房间里的全部摆设。毛泽东这间再简朴不过的卧室却显得非常干净、整洁，井然有序。书架摆满的书上都整齐地贴着标签。这里摆放着唯物主义哲学伟大奠基人的著作，伟大军事战略家的著作，以及很多其他各领域知识的书籍。所有这些书籍都是中文版的。毛泽东不懂其他语言，至少他自己是这么说的。

在书架上，马克思、恩格斯、列宁、斯大林的著作摆在特殊位置。斯大林的书打开着放在书桌正中央，上面还放着几张写满字的纸。

现在已是晚上，天上的星星已闪现出来，毛泽东的"工作日"才开始。他夜里工作，直到清晨，然后睡到吃中午饭。

他笑着说，夜里思维好像更平静些，四周安静。

他详细问了我在中国的工作情况，问我在延安都看了哪些地方，拍摄了哪些东西。他开始时先揣摩交谈者，但同时用睿智的笑容，用自己一双明亮眼睛闪烁出求知、友善的眼神使谈话对方感到温暖。

早在战争爆发之前，毛泽东在分析日本军队可能进攻中国时，就绘出开展民族解放战争的蓝图。他预见到日军将会遇到的难题，那就是不得不用重兵守护自己的交通线和从游击队及中国正规军手中夺取的城市。

毛泽东有一个著名的公式，即游击战的战略："敌进我退，敌驻我扰，敌疲我打，敌退我追。"

日本军事权威认为毛泽东是位杰出的军事战略家。

我向他提了关于开展民族解放战争和民族统一战线的几个问题。

毛泽东说："日本想占领华南、马来诸岛，建立一个从新加坡到西伯利亚的东方国家。很多人认为，日本如果遇到困难，它会放弃这个想法。我认为，日本将全力地来实现这一计划。日本人竭力想推翻抗日政府，消灭抗日战线，以便在南部群岛站稳脚跟，同时向北扩展。现在的国际局面是，英国、法国、美国这样的国家尽管奉行反对日本侵略中国的立场，但是它们帮助中国是有限的，时有时无，它们为同日本在对华问题达成妥协在探路。西班牙就是被'民主国家'政府出卖的。但是中国不是西班牙。中国是个大国，征服和消灭它没那么容易。

"在这种国际形势下，中国只能加强民族统一战线，加强自卫的军事、组织力量，继续持久地抵抗到底。中国人民的绝大多数都充满继续抗战直到最终战胜敌人的决心。只有少部分人主张对日妥协。他们极力反对民族统一战线，反对国家政治制度民主化。

"现在，在全体中国人民与这伙反动派之间正进行着斗争。如果我们不能战胜这些反动派，那就很难战胜日本人。"

毛泽东继续说："但是，中国人民赞成斗争直到胜利。抗战爆发后，中国共产党投入很大力量同做分化活动的妥协派、保守派进行斗争。汪精卫之流出卖中国的切身利益，出卖自己的人民。因此，我们为了争取胜利，应该打倒这些人。为此，共产党的任务和政策一方面是抗日战争，另一方面是与各政党中进步的积极分子一道，与全体人民一道，同妥协派，同出卖民族切身利益的汪精卫之流继续开展无情斗争。"

毛泽东接着说："共产党从不害怕困难。我们党为争取中国人民的独立进行斗争已经有十多年。中国共产党在困难和斗争中锻炼得更加坚强。全中国人民赢得战争的意志坚定不移。因此，我们进行这场战争的前景光明。"

毛泽东介绍了中国人民的叛徒——托洛茨基分子从事卑鄙破坏活动情况。他们不惜用一切手段破坏人民团结，削弱人民军队的战斗力。他们竭力企图破坏国共合作，妄想在八路军中以及在边区民众和大学生中从事分化活动。他们进行反对民族统一战线和反对战争的宣传。在边区里，参加了自卫军的农民们常常自己就把他们揪出来了。

毛泽东详细询问有关西班牙、有关共和军将领的情况。担任我们谈话翻译的萧三努力准确地转述毛泽东生动的语言。毛泽东谈话时经常引用民间俗语，用词简明扼要。毛泽东爱说笑话，喜欢援引孔子的话，经常开怀大笑。

毛泽东在谈到斯大林同志时，充满着深情。他说："我从未离开过中国，也不愿意出去。但是我幻想着看看莫斯科已经有二十年了。现在我还不能离开，但早晚有一天我会去莫斯科，去看看斯大林同志。"

我们谈起航空、地铁、盲飞、北方海路、现代化高射炮质量、苏联至美国的航线、苏维埃宫、水下和空中战争。在我们的谈话中，他发现了很多科技领域大量知识，启发了思路，说出了自己真实想法。

毛泽东在整个谈话和提的问题中，说得极为具体。例如，他在问关于北方海路和北极时，不太关注冰上风情，他更感兴趣的是那些能穿越白海运河和北方海路驶向东方的军舰吨位。他是一位天才的组织者、战略家、拥有丰富实践智慧的国务活动家，他从谈到北极的两三个问题中一下子就转到吨位问题。当我惊奇地问他过去是否研究过这个问题时，毛泽东愉快地笑了，发誓说就是现在，平生第一次直接了解寒冷的北极，他只不过做了逻辑推理。他突然想起什么事情，说道："我们只顾说话，该去吃午饭了。"

我们走进位于毛泽东窑洞旁边山谷里一个不大的平台。木头圆桌上放 5 个小碗，5 双筷子。我们坐下来，共有毛泽东、他的妻子、萧三、我的司机顾保申和我五人。一个腰间别着两支毛瑟手枪的战士端来一小木桶米饭，放上几只盘子，里面分别盛有切成小块儿的干鱼、小块红烧猪肉，一小碗红辣椒，绿叶葱。

"哦，这儿好像还少点什么，"毛泽东高兴地说，转身去了窑洞，拿一瓶中国葡萄酒回来，他把葡萄酒挨个倒进小瓷碗里，站起身来郑重地说，"为全世界人民的伟大领袖，为斯大林同志！"

我们相互碰杯，一饮而尽，并按中国习惯，相互之间展示一下碗底。

毛泽东兴致勃勃，不停地讲着笑话，开怀大笑。他向自己碗里夹一大筷子红辣椒，说道："你们知道吗，在我看来，革命人民都喜爱红辣椒。你们只要看一看，在大自然里，有比红辣椒更革命的颜色吗？"他手里拿着一只简直像涂了漆一般的红尖椒，问我们说。

"那……罂粟① ？"——我说道。

---

①　苏联人习惯把罂粟视为象征革命之花，源于苏联 1927 年 6 月上演的芭蕾舞《红罂粟》，该舞剧讲述一位来上海的苏联船长与中国舞女桃花相爱，桃花为救船长被英国人害死。舞剧结尾，舞台上空展现浸满桃花鲜血的红色罂粟，象征怒放的中国革命之花。该剧是苏联芭蕾舞奠基之作，久演不衰。——译者注

他在凳子上向后仰着，伸直双手说道："长征时，我们光着脚，挨着饿，沿着火红的罂粟田整整走了几个星期。来，我们为红色干杯！"

我们为红色都举起了小酒碗。

我问毛泽东，"为什么到现在都没有写长征的历史？岁月在流逝，一些不会再重复的事情会渐渐忘掉的。"

他说："我们正在做这件事情。我们按照党的纪律，要求参加过长征的人都写，我们要集体开展这项工作。我现在把我写的一首诗送给您做个纪念。这首诗总共就几行。"

他走到桌子跟前，拿出一张纸，把毛笔在墨汁里蘸了蘸，用笔法奔放的字写下自己那首言简意赅、成千上万人都熟知的诗：

红军不怕远征难，

万水千山似等闲。

五岭逶迤腾细浪，

乌蒙磅礴走泥丸。

金沙浪拍云崖暖，

大渡桥横铁索寒。

最喜岷山千里雪，

三军一过尽开颜。①

我紧紧握着毛泽东的手，顿感由人民领袖亲笔书写的这首讴歌一个最伟大历史功勋的诗，将是我从中国带回最珍贵的礼物。

晚饭后，我们听留声机。毛泽东翻了好半天唱片。他懂和喜欢中国音乐。他放上一张唱片，这是一个古典戏剧的片段。窑洞里回响起

---

① 毛泽东同志这首诗写于 1935 年九十月间。诗最初版本的有些字与新中国成立后发表的略有不同。诗写成后，毛泽东自己不断修改，并吸收各方意见，形成 20 世纪 50 年代的最后版本。——译者注

扬琴、双弦琴演奏、一个歌手用尖嗓子假声唱和轻轻敲鼓的声音。这样的音乐我似乎不大可能长时间听下去。毛泽东在椅子上仰坐着，闭起双眼，伸出一只手合着歌的拍子，陶醉在这首曲子甜蜜的感觉中。他作为与中国人民血肉相连的人，很喜欢并深刻理解这段音乐。

有文化修养的中国人喜欢并且高度评价一些伟大欧洲作曲家的作品。肖邦、贝多芬、莫扎特创作的乐曲经常在大庭广众下演奏，给人留下深刻印象。但是，战争迟早会结束，革命将会完成，到那时，演员们脸上将画出各种鲜艳造型，扮演着帝王和英雄，在扬琴伴奏下用假嗓音高声道出独白，而且演中国古典戏剧的大厅任何时候都会座无虚席，因为这种戏剧更贴近人民，一听就懂，深受人们喜爱。

毛泽东同我的司机顾保申也聊了起来。当毛邀请顾上桌吃饭时，顾完全不知如何是好，从那一刻起，他整个晚上都无法控制忐忑不安的内心平衡。他激动地回答着毛泽东提的问题，陶醉的眼睛一直看着毛泽东。突然，在谈得最热闹的时候，他站起来，热情地说着什么，有时断断续续。萧三小声地给我翻译他的话。顾说，他听到过很多关于共产党领袖、关于毛泽东的故事。但是今天这位大官让他这个普通工人与自己同桌吃饭，与他平等谈话。

毛泽东笑了起来，让这位激动的小伙子坐下，以便转入其他话题。毛泽东问顾是哪地方生人。刹那间顾的脸色开始变了，当他张口谈起可爱的江西时，一往情深的思绪盖过了火热的激情……

我在边区逗留期间，几次见到毛泽东，我们长时间交谈、散步。他一分钟都不停地做着大量工作，即便在散步时也是如此。有一次在山里我们偶然遇见刚从田地里收工的一伙农民。他们简直像朋友一样跟毛泽东打招呼，停下来跟他说话。他们告诉他一些自己的需要，一些农民的事情。毛泽东叉开双腿，两手撑腰，手指朝前，向农民询问一些事，给他们出些主意。我站得较远一些，以便不引起注意，并拍下这个生动绝妙的场面。它鲜明地展示了共产党领袖与人民的亲密关系。农民们把毛泽东围得越来越紧。他们当中有一个老头，皮肤呈古铜色，皱纹很多，高颧骨，上嘴唇和下巴上长着稀疏的灰白小胡子，他像中国北方几乎所有农民一样，脑袋上裹着灰色的缠头。其他人较年轻一些。所有人手里都拿着铁锹、铁铲。他们穿着褪了色、打着补丁的土布衬衫。大家都聚精会神地交谈着，经常爆发出阵阵愉快笑声。要知道，毛泽东非常爱开玩笑，他肯定会在谈到最严肃事情时，插上几句俏皮话。

　　毛泽东是这样的平易近人，在农民们的脸上毫无惊讶的表情。他与他们聊土地、水、种子的事情。他们与毛泽东告别时和见面时一样随随便便，然后扛起铁锹，继续赶路。

　　在河边，一个骑马的人追上了我们。毛泽东伸手让他停下。这个人赶紧把马勒住，在我们旁边跳了下来。他是中央委员会政治局委员方林①，是中国共产党领袖中最年轻的。他过去当过远洋船队的海员，年纪很小就投身革命运动。他英勇顽强，很快就加入了党和红军队伍。当初曾经出奇地用 10 万银圆悬赏他这颗勇敢、高颧骨的头颅。方林在内战中成长为一名久经考验的布尔什维克。后来他接受了高等政治教育，现在，他很受劳动人民的尊敬和爱戴。他有一双大眼睛，翘鼻子，高颧骨，一副运动员般的匀称身材，一身蓝色军便服紧裹着他宽阔的前胸，裤腿塞入高筒靴里。他手里牵着紧咬嚼环那匹马的缰绳，与毛泽东谈了好半天，极力地在证明着什么，然后敬个军礼，纵身一跃跨到马鞍子上。马在原地踏了几步之后，一个急转身，扬起两只后腿，听从出色骑手的一声吆喝，在荒漠上飞驰而去。

　　毛泽东带着慈父般的笑容足足有几分钟目送着消失在扬起一团金

---

　　①　邓发（1906—1946），方林为邓发 20 世纪 30 年代在中共驻共产国际代表团时的化名。1936 年 10 月起任中央政治局委员，1937 年 9 月至 1939 年秋任中共驻新疆代表和八路军驻新疆办事处主任。1946 年 4 月 8 日由重庆返回延安途中因飞机失事遇难。——译者注

色尘土中的方林。几分钟后，一帮姑娘围住了毛泽东，正好顺便解决女子大学几个教学问题。

我听过毛泽东给抗日大学学生们做的报告。他念了自己讲稿中的一段。这次他讲的是斗争辩证法。

一间不大的棚子里座无虚席。在木板台上放了一张桌子，一只凳子。听众绝大多数是青年和大学生。但其中也有成年人和八路军的领导干部。

时间一分一分地飞逝。到了预定时间，在公路转弯处，一辆小医务车出现了。这是毛泽东的个人座车，是美国朋友作为礼物赠送给他的。车身上写着："赠给中国英雄的保卫者。"车后面踏板上站着两个八路军战士，他们是毛泽东的个人卫队，身上配着毛瑟手枪。毛泽东从车上下来，他的妻子也跟着跳下车来。穿着军便服的年轻人把他团团围住，簇拥着进到棚子里，那儿已经响起欢呼声。

毛泽东走上木板台子，等待着欢呼的浪潮停下来。他脱下棉外衣并放在身边，在凳子上坐下。他妻子蹲在一旁，离木板台不远，打开厚厚的笔记本准备记录毛泽东的讲话。棚子里静了下来。

毛泽东讲话语调平稳，声音不高，不装腔作势，慈祥地看着安静下来的听众，热情的目光从未离开过他们。他在木板台上侧身坐着讲话，有时举起放在桌子上的一只手轻轻做着手势。

他的讲话言简易懂，有一些话萧三赶紧译给我听，我记录下来，但萧三有时也无法全部领会毛泽东表述的思想，当我着急地用胳膊肘捅他，提示他把引起听众掌声或者笑声的话翻译给我时，他默默地摇摇头。

我朝听众那边看了看。与中国先进青年一起在这儿听讲的，有八路军的干部。他们肯定不害怕打仗。而青年人用充满激情的目光看着毛泽东，看着自己热爱的、永远感到亲切、英勇无畏的毛泽东，他们将跟着他赴汤蹈火。

毛泽东继续往下讲。一双双眼睛闪闪发光，一张张嘴巴半合半闭；记录领袖讲话的手半悬着……这时，你会突然感觉到，讲话人讲着非常重要的事情，现在又讲起诙谐笑话，使得一张张脸开始四处张望，然后一个跟着一个地发出愉快的笑声。而毛泽东一边让听众笑声不断，一边自己也受听众欢乐气氛的感染，爽朗地跟着哈哈大笑。

毛泽东笑着说道，"孔夫子说，来而不往非礼也。人不犯我，我不犯人，人若犯我，我必以礼犯人……"再次笑声一片，但是一分钟后，讲话人用沉稳的语调一开口讲，全场立刻鸦雀无声。毛泽东说："中国共产党在目前开展抗日斗争中，依靠中国最广大人民群众。中央政府、国民党应该明白，国家进一步民主化是实现最后胜利最必要的条件。"

毛泽东谈了军事战略和战术问题的辩证法。他说："我们研究了几十部军事科学著作，我们把苏联红军的作战条例翻译成中文。但是，如果把这些都加以总结并抓出重点的话，我们看到，战略和战术由两个基本方面决定，那就是'进攻'和'防御'。退却是防御的继续，而追击和歼灭敌人，是进攻的继续。防御或者进攻的结果是：失败或者胜利。"

他举了抗战实践中一些鲜明的例子，说："现在我们看到，在抗战一些战场上取得某些战斗的胜利，但不是战争的胜利。中国人民和军队面临基本的、主要的任务是转入反攻。为此，应当投入民族的全部力量。"

毛泽东的通篇讲话共分几个部分：第一部分、第二部分、第三部分……他在结束每个部分时，都会用鲜明、准确的表述勾画出线条。

他在讲话中说完最后一句话后，没去注意热烈的掌声和欢呼声，慢慢地站起身，不慌不忙地用一只脚把木板台移向一旁，拿起自己的军棉袄。

在离开延安前不久，我最后一次在毛泽东的窑洞里拜访他。我们到深夜才告别。他带着妻子出来送我。我们停下脚步，他望着星空。

"您走了很多地方，——毛泽东说，并把一只手搭在妻子的肩上，——您能根据星星找到世界各国的位置吗？莫斯科在哪，您指指。"

大熊星座差不多就在天际线上。我在天上寻找北极星。几个月前，我在卢多尔夫岛①时，北极星就在我头上的天顶。我手指着西北方说："莫斯科在那儿。"

我们默默地站了几分钟。毛泽东在看着星空。山谷那边传来轻声的嚎叫。夜里，饥饿的狼从山上窜进山谷，在延安周围游荡。

"我们会结束战争的……"毛泽东轻轻地说道。

"……我们会来看您，"我说，并用中文接着说，"毛同志。"这时从黑暗中走出一个穿军装的小伙子打断他的话。小伙子身后还有几个人。

"您叫我们来的"，小伙子说。

"同志们，请到我这儿来。我这就回来"，毛泽东说。

他没把自己想说的话说完……

我们告别了。

（7）我们是中华民族优秀的子孙

6月1日抗日大学庆祝成立三周年。全城挂满了旗帜和绿色花条。大广场上举着红旗的大学生列队而立。全城市民围在广场四周。伴随着军号声和鞭炮轰鸣声，山上的高杆子升起两面旗帜，一面是中国国旗，另一面是大学校旗。

挨着大学生队列走来参加检阅的中国共产党中央政治局委员：毛

---

① 卢多尔夫现称图尔卡纳湖，位于肯尼亚西北部，为旅游休闲胜地。——译者注

泽东同志、王明同志、康生同志、洛甫同志，边区政府领导人，社会组织和政治组织代表。①

分列式检阅结束后，广场上聚集的上千名青年群众用经久不息的掌声欢迎中国布尔什维克领袖毛泽东登上主席台。毛泽东发表了简短、充满激情的讲话。他向大学全体人员祝贺三周年节日，他说："我们对日作战很快就二年了，办抗日大学的目的就是打倒日本帝国主义。我们将斗争到底，要把那些企图让人民受日本奴役的汪精卫之流卖国贼从我们前进道路上扫除干净。战斗到底，这就是全国人民的意志。我们大家都有一个目标，一个意志。我们必胜！"

毛泽东的最后一句话被上千人暴风雨般的欢呼声和掌声所淹没。毛泽东讲话之后，中央政府代表向大学全体人员发表致辞。他在发言中特别指出了抗日大学在巩固抗日战线事业中所发挥的巨大作用，强调了英勇的八路军在中国人民武装斗争中的伟大意义。

最后，几千名青年人通过了大学生宣誓誓词。誓词是这样的：

"我们是中华民族和中国人民优秀的子孙。我们将永远忠于中华民族和中国人民的解放事业。我们宣誓，我们要把日本强盗从中国赶出去，要把建设独立中国的事业进行到底。我们反对投降，反对一切卖国贼。

"我们要顽强工作和学习，要用工作和学习中的成绩向我们的祖国和人民献礼。

"我们要努力完成学校的所有规定，遵守纪律。

"我们是抗日大学的忠实儿女。我们像热爱亲生母亲一样热爱我们的学校。我们要坚决把那些想破坏我们学校的人赶出去。

"我们将庄严履行我们的誓词。"

----

①　根据历史档案照片，出席这次会议的依次有：毛泽东、张闻天、王稼祥、陈云、王明、刘少奇、邓发等。——译者注

夜幕降临，开始燃放礼花，五颜六色的灯笼耀眼夺目，用纸糊的中国龙也亮了起来。歌手、演员、音乐家团队纷纷登上舞台。欢乐的青年联欢会在延安的大街上一直持续到深夜。

我们与抗日大学和鲁迅艺术学院一些朋友坐在清凉山一个小广场上，吃告别晚饭。大家频频举杯，讲愉快的笑话，表达着祝福。告别延安、告别这些优秀的人，我感到很难过。今后，他们将进行艰苦长期的斗争。在遥远的莫斯科，我将会铭记在这里度过的岁月，回忆这些难忘的会见。

罗瑞卿副校长从中山装上摘下一枚专为红军大学，现在叫抗日大学建校三周年而制作的珐琅像章，把它别在我的胸前，说，"戴上吧，记着我们，别忘记延安"。

由于激动，我竟一句话也讲不出来，只是默默地握着亲爱的朋友们伸过来的手。

不会，我决不会忘记你，延安！

第十四章　在黄河两岸

（1）日记摘抄

6月19日　西安

今天我在前线司令部办理了前往山西省的通行证。去山西的目的是拍摄活动在日军后方的中国正规军队，并准备去八路军部队看看。

有人提醒我这趟考察会困难重重：全程近一千公里，要步行走山路。晚上将把通行证给寄来。作为走前最后一场活动，建议我明天拍摄回民举行的会议和游行。回民是西安原著居民，他们明天将与来自华北的回民组织代表一道活动。

我的司机顾保申失踪三天了。晚上他出去到朋友那儿，就再没回来。我不得不到警察局去报告他失踪。他终于在傍晚时回来了，但样子非常可怕：浑身脏兮兮，人瘦了，也变野了，很难认出他来。顾这个人非常爱财。他的朋友把他弄到一个秘密赌场。为了让自己的口袋里能多有点钱，他疯狂地玩起麻将。夜里，警察突然出现，带走所有的玩家。如果不是我向警察局做了声明，他将被关押几个月。顾讲述了玩三天麻将那个地方恶劣的条件：在一个不大房间，地上总共坐了二十个脏乎乎的人，没有灯，就在光秃秃的地上……他的一只眼睛下面有一大块青瘀，这是"教育"的结果：警察把这些麻将爱好者蒙上眼睛，挨个对他们进行教育。顾发誓说他这辈子再也不会玩了。

他说，"好在同我关押在一个号子里有两个江西老乡，他们都是好人，其中一人因为偷窃被关押，另一人不知因为什么。都是非常好的人……"

6月20日　西安

一大早又响起空袭警报。这样的警报几乎天天都有。有时日军对机场和城市一天轰炸几次，但基本没什么伤亡。居民很害怕，每个人都会离开城里。

有一次空袭，我们在郊外的壕沟坐了两个小时等待解除警报。二十架日军轰炸机飞过城市上空，没有投下一颗炸弹。

白天我拍摄了回民的游行。他们总共有几百人，举着红旗和支持中央政府的标语穿过城市。走在队伍前排是德高望重的老者，他们缠着头巾，留着长长的胡子，身穿肥大的长袍。

这些天是中国的"五月节"。所有孩子们都裹上五颜六色的带子，脖子上、手腕上、脚腕上都缠着丝线。所有商店都售卖用芦苇叶裹着的熟米饭。

两千多年前，诗人屈原写了一首长诗《离骚》。人民喜爱这位著名诗人，但是国君不喜欢，把屈原流放了。诗人将一块石头绑在自己的脖子上，跳进汨罗江。自那时起，为了纪念这位诗人，在中国的五月里人们都往江里投放用芦苇叶包裹着的米饭。

午饭后的时间里，我驾车沿着西安一条主要大街行驶。我多次跟顾说过，让他把车喇叭修一修。没有喇叭，在狭窄马路上的黄包车中间很难动弹一步。突然在一个拐弯处，从一大早就按不响的喇叭竟意想不到地嚎叫起来。什么手段都用上了，就是没法让它住声。顾用拳头猛敲喇叭按钮，把按钮卸了下来，还是不管用。不得不把车停下，打开车前盖，把连接线拔掉。当我们驶上主要大街时，结果城里宣布空袭警报。几千人都向城门奔去。商店的护窗板都关上了，居民们惊恐不安地离开市里。很显然，在我们车的喇叭嚎叫之后，并没有听见有空袭警报发出。我们把车开到一位站岗的警察跟前，问他警报的事，他耸耸肩膀，说没听到警报声，没有宣布市内有空袭警报，这明显是有人散布日军飞机来袭的挑衅性谣言。但是，人往城外跑的数量与秒俱增。这时，我突然萌生一个可怕的想法：我是这次恐慌的肇事者。我的车喇叭持续不断地响了几分钟，隔二三个街区都能听见。被空袭吓怕了、神经紧张到极点的城市居民，不会去问明情况，就带领大伙儿跟着自己向外跑。关于警报的消息在整个西安立即传开，居民都从城内涌出。

当人们几乎从城里走光时，解除警报的声音响了起来，而且响了好长时间。一个小时后，城市恢复了正常生活。我坐在前线司令部里，同司令官的秘书聊了起来。

我问："今天城里发布了警报，但很快又解除了，这是怎么回事？"

他回答说："这是一个假警报。显然，这是我们的敌人和汉奸的挑衅。"

我接着问："你们找到这次可恶挑衅的罪魁祸首了吗？"

"暂时还没有，但是已给警察局下令严厉追查。"他说。

"将军先生，我可以帮你们追查挑衅的肇事者，他现在就在前线司令部。"我说。

"哎，您开玩笑吧？"他说。

我如实介绍了汽车喇叭事情的全部经过。将军笑掉了眼泪。他歇了口气，立即抓起电话，在他通知警察局长务必停止追查"挑衅"警报案时，再次长时间地无法忍住大笑。

"现在我不用去前线了，您把我送进监狱吧！"我在告别时说。

将军久久地握着我的手，祝一路顺风。

晚上，顾把我拉到火车站。我还是第一次在中国坐火车。我把车和顾留在西安。在告别时，顾又一次发誓再也不玩麻将了。他会像爱护眼睛一样爱护这辆车。

（2）过黄河

沿着站台，到处都是穿军常服的人。尽管下着大雨，但送行的人一群一群地聚集着，站台已经无处下脚。一位年轻妇女抱着用黄色油毡布裹着的小男孩，默默地拉着丈夫的手。她的丈夫是一名政工人员，现在就上前线。她好像刚睡醒一样，调车机车头发出冗长的鸣笛声、缓冲器发出的叮当撞击声都让她哆嗦颤抖。她看看站台上的挂钟，悄声地说着什么，可能像人们在这种场合下常说的："你要保重！""写信！""记着……"

车厢里挤满士兵，我们终于找到了座位。在忙乱中我都没注意这列火车是怎么开动的。送行人一张张面孔、穿着雨衣哨兵的身影、抱着孩子的妇女、雨中沥青路面反射出车站上一串串的灯光，都渐渐地消失在夜幕中。借着蜡烛的光亮，我看了看同路人——士兵和军官们的脸庞。他们都坐在凳子上和过道上，更舒适一些的是坐在自己的背包上。他们把步枪放在两腿中间，解开了军用装具皮带。他们一伙一伙地抽着烟，交谈着。

在车厢门口露出一个穿军装的姑娘留着短发的脑袋。她在摇摇晃晃、轰轰作响的车厢过道上走着，在坐着的士兵中间寻找着座位。我们往一起挤了挤，邀请她坐过来。她放下自己不大的、上面拴着一个搪瓷缸子的背包，坐了下来，整理一下笨重的马裤，然后摘下大檐帽，抖了抖头发，用梳子把头发梳成像小孩那样的一绺，微笑着看看四周。

我们很快就像朋友一样用英语聊起来，她的英文非常好。她是北平大学的学生，出生在江西。战争一爆发，她像大多数大学生一样，中断学业，上了前线。她在某一个师的政治部工作，照顾伤员，在靠近前线农村的农民中开展组织政治工作。她经历了这个师的全部战斗历程——冒着枪林弹雨在山路上走了几千里。有一次她给中央日报编辑部寄去自己日记的摘抄，很快就收到回信，说已全部刊登，提出要她写随笔。

"我就这样成了知名记者。"她笑着说。

我记得在重庆时听说过她是一名很能干的军事记者。她用短篇小说形式写的才华横溢的战地随笔在读者中很有影响。

现在她要到日军后方去，等待她的是山西、湖北、山东那艰难的山路。她要绕开日军驻扎的县城，住无定所，找到游击队。在谈到这些时，她好像在谈一次平常的公务出差，已确定好了返回日期。一个年轻姑娘，她一个人踏上这样的旅程，所带的装备只有一架又小又便宜的照相机。

火车经常走走停停。在一些小站上，不少军人拿着手电筒在车厢上来下去的。每个小时都能感觉到离前线越来越近了。天亮时，火车驶进这条断路的终点站。铁路线从这儿起就沿着黄河岸边向前延伸。在河北岸驻扎着日军。他们的大炮不停地朝南岸和铁路线上打。这就是日军多次企图渡过黄河的那一段河岸。他们盘算着待黄河水结冰，将为他们提供涉过黄河、夺取西安的机会。

南岸上的中国炮兵以牙还牙，经常炮击日军阵地。在这个地段上双方大炮对打，已经成了家常便饭。

我们与一队士兵乘一辆大卡车沿着大雨冲刷过的泥土山路走了100多公里。有些高坡很陡，达到45度角，不得不让大家用手把轮子空转的汽车抬上去。我们经常停下来，以便整修被大水冲坏的道路或者修复临时搭建、并不坚固的桥梁。

将近傍晚，我们才到达一个火车站附近，从这里可以继续坐火车前行。快到火车站时，我们路过一座铁路桥。这个桥被日军大炮摧毁。日军在两天之内从对岸朝这座桥打过来一千五百多发炮弹，其中只有几发命中并炸毁部分桥孔。

我们要过黄河到山西省，最终到达活动在日军后方的中国军队所在地。

我们选择了位于对岸垣曲县附近的地方过黄河。从这个铁路车站到渡河点要乘卡车走一整天。但是非常遗憾，此行不得不推迟，因为几千人的日军部队带着大炮进驻了这个垣曲县城，不停地朝黄河南岸开炮。

需要选择别的渡河点。在更靠西一些上游处有一个这样的地方。中国军队晋南战区司令现在正好在那里。他过到黄河对岸，以便亲自指挥在敌人后方的军事行动。

我们坐上一辆轰鸣震耳的大卡车，向前进发。

一路上我心里嘀咕，宁可坐上电椅子被处死，也比坐这车好受。这条路是刚在不久前用非常短的时间在山中开凿出来的。它在万丈深渊上边经过。卡车慢慢爬上陡峭高坡，车的散热器不断喷出一股股热气和滚烫的水。当驮着货的骡子从迎面走过来时，卡车就停下，靠到悬崖边上，以便放这些不走运的牲口过去。它们都小心翼翼地走着，在几百米深悬崖的顶上挪动发抖的蹄子。

在距渡口几公里的地方，我们把车停下来，沿着一条狭窄的小路走到河边。

黄河在这个地方拐了个陡弯，这使它前方宽阔的水面和景色如画的两岸能一览无余。黄河的一个最窄处就在这里，但同时这儿也水流湍急。水呈咖啡色，汹涌奔腾，仿佛要把陡峭的山岩摧垮。简直是令人心惊胆战的激流！几艘大篷船把人、货物、马匹、骡子从南岸载向北岸。

过黄河需要篷船舵手有高超的技术。篷船一开始时要沿着河岸向上游行驶好长时间，然后把打着补丁的大篷升起来，离开河岸，渐渐向河中央靠去，那里水流的力量足可以与能把杆子刮倒的逆风一决高低。巨大的舵桨又做了一个大转弯，船绕过一个漩涡，驶入靠近岸边的一个平缓地带，在一处金色沙子铺就的柔软河床上停了下来。

我完全相信，日军在这里过黄河绝非易事。难怪战争爆发后两年的时间里，他们都没下决心做这个冒险的试验。

所有的篷船，有一个算一个，都在中国河岸一侧。日军用铁路运来一些木筏子、架浮桥设备之类的东西，大肆喧嚣，威胁说日军要渡黄河。老渔民和船夫都在黄河岸边生活了大半辈子，他们在黄河惊涛骇浪中驾船的娴熟手法都是祖辈传下来的。他们坐在黄河南岸上，暗暗嘲笑着，"让日本人试试！"他们说。

伟大的黄河将把日本人吹嘘的浮桥打个稀巴烂，卷进漩涡深不见底的鬼洞里，会让他们在日夜监视着敌岸的中方河防阵地机枪骤雨般扫射下，在河中天旋地转、顺流而下。

在阳光明媚的中午，我上了岸，进入山西省境内。这是我走过的第十一个省。

战区司令部设立在一个小山村里，距黄河岸边二十里远。

这段路程我们骑马走了两个小时。

这个村子坐落在几块平地上。沿着很陡的一条石砌街道的台阶走，我们被领进一家农民的石头房子，没有任何客套，我们进到一间挂满地图的屋子，在这儿把我们介绍给了司令官。

几天以前，日军进驻了垣曲县城，我原来想过黄河的那个渡口距该县城不远。现在日军已撤离，这是日军主力部队的一部分，主力部队总共三万人，分别由第二十和二十七步兵师团组成，从铁道线向黄河岸边进攻。日军被中国军队包围，损失了八千多名士兵之后，撤回到距铁道线 150 公里的地方。从垣曲撤出的部队退到山里，企图冲出包围圈。

"您可以大胆地去那儿了，然后到我们的 H 师去看看。"将军说，"在这个师的防区内，日军看来有点什么图谋，因为在那里集结了重兵。您到 H 师可以骑马去，我派五名全副武装的战士跟随您。"

"走这一趟会很苦，"将军笑着补充说，"但是如果您想带着摄影机看看真正的日军后方，那我祝您成功。您可以用自己的眼睛判断一下谁是山西省真正的主人，是向全世界宣称他们已经占领了山西的日本人，还是中国人，我们的军队、我们的人民、我们的游击队？您去八路军那儿还得走十天。从 H 师那儿将有人领着您走山路去八路军驻地，我会下命令的。"

我与将军告别，向他表示了感谢。

在回程时，要渡过黄河前往铁道线，我来到了"事先准备好的阵地"，计划在天亮时前往垣曲县城。日军从那里已被打跑，道路畅通了。

（3）沿着新辙印

夜里一直下着大雨，把路冲毁，我们无法乘坐运货车前行。我们弄到几匹高头大马和两匹驮货的骡子之后就上路了。开始时走的是平原，后来就越走越高，进入山区。到渡口有 85 公里。对于一个习惯快速开汽车的人来说，骑着步履蹒跚的马在泥泞中令人沮丧地走来走去，实在是一种精神折磨。

雨不停地下着。成吨的雨水不是一滴一滴地下，而是瓢泼下泄，不管是用大幅油布，还是宽边草帽，都遮挡不住。

每隔几个小时，我们就在村子里，在好客的农民家里停留休息一下。关于中国贫农的好客，几天几夜说不完。一个疲惫的行人，不管是谁，总会在村子里受到热情接待和留住，给他做饭吃，与他分享微薄的一点吃的。

不问我们是什么人，到哪儿去，女主人缠足的小脚迈着碎步，在灶台里升起火，在土炕铺上席子，端来开水、大麦饼、炒熟的南瓜子招待客人。男主人帮着她忙活。只有当客人安顿好了，这男主人老头才开始把一撮碎烟放进小烟袋长长的烟锅里，吐出一团烟云，小心翼翼并非常客气地问他的客人来自哪个国家，在这样的坏天气走山路要到哪儿去。

"俄国人？"

透过一团团烟雾，可以看到老头的眼睛里闪出特别好奇的火花。我用几句话向他解释为啥到这儿来，到黄河对岸干嘛去。

他不声不响赞许地点着头。在送我们走的时候，主人说啥也不收钱，最后我们把钱塞给梳着麻花辫子、胆怯的小女孩手里，她不知所措地接过钱，跑到房子很远的角落里。

第二天雨停了。但是我们前面好几公里的路有十八处被山涧小溪汇成汹涌咆哮的激流阻断，要走过去，连想都不敢想。或者等两天再走。在激流边上，马都直往后退，打着响鼻儿。我们急着赶路，不得不进到水里，探探水底有没有滚动的石头。我手牵着马缰绳，十分小心地在齐腰深的激流中向前挪动。水凶猛地倾泻而下，不断冲打着双腿。我们的行李用高高举起的手通过两次传递搬过去。

我们不是单枪匹马。在我们前面和后面鱼贯而行地走着一队队背着食品和弹药的脚夫。有一个人涉水时，把一个装得鼓鼓囊囊、上面盖着公章的帆布袋高高举过头顶。这是山西省的邮递员。士兵、指挥官和游击队员们可以不用为自己的家信担心，邮件将会原封不动地按地址送到，尽管有的很遥远。抬着东西的人要小心地掌握好平衡。有两个士兵从我们对面抬着一个受伤的军官涉过激流。军官躺着，他用瘦骨嶙峋的蜡黄的手拿着一把纸扇子遮脸。

在下一个渡口，我们在计算上出现了偏差。但是在一个月后返程时，一切都计算得好好的：的确要十八次涉过这条可恶的小河。一切都很顺利，没有损失。只是我在一个渡口涉水时失去平衡，连人带照相机、防毒面具跌入水中。

站在高高的陡岸，我们再次看到了展现在我们面前的黄河。河床在这里将近半公里宽。河岸上白天毫无生息。日军的飞机不断地在黄河上空巡航。河上的篷船有的向上游，有的向下游驶去。现在，当夕阳的最后一缕金光从山顶穿过云彩照射过来时，黄河沙土岸上人声鼎沸。几百名士兵和脚夫扛着一摞摞装有各种物品的箱子。有些大篷船一刻不停地驶出驶进。在一块指示人们前行和登船的木板旁边站着一名哨兵。他仔细地检查登船人的证件，证件上要有军令部颁发的签证。就在三天以前，在这里河岸上站着的还是日军哨兵，日军的大炮从这个地方向外开火。现在日军走了，这个地段上的中国警卫部队仍然保持着高度的警惕性。

在我们排队等待时，太阳已经下山，一轮皓月迎面升起。

在沸腾的咖啡色水面上，一条金色的水道伸向远方，在这样的背景下，各种各样的篷船和戴着宽沿草帽肩挑扁担的人群侧影如从一张黑纸上剪下来，栩栩如生。月亮也好像不是真的。如果没有手握步枪和机关枪站岗士兵在旁边，所有这些景色与上千幅中国古画中的一张非常相像。这些画都是用细毛笔蘸着墨汁在烟色的硬板纸上绘成的。

渡过黄河之后，我们在垣曲县城附近一个村子里停下来准备过夜，找到一处条件稍好的房子。

房子的主人今天早上才回来。在日军驻扎时，他们躲到了山里。他们在院子里展示着一大堆垃圾，里边有日本"清酒"的酒瓶子，也掺有一些撕开的日本报纸，还有吐出的呕吐物。这堆像小山似的使用过的垃圾是从日军一个队长住过的屋子里清理出来的。

我们一大早就上路北行，去山西的腹地。我们最后看了一眼黄河。歌颂它的美丽从来都丰富多彩。昨天在月夜里，它高度地警惕戒备着，现在，它平静无波，阳光照得它金色耀眼。浩瀚的黄河水向东和向西流去，流向透彻、立体的群山远方。昨天还人群熙攘嘈杂的渡口，现在寂静无声，篷船都已开走。

从黄河沿岸平原向北就进入了中条山山脉顶峰。中条山是日军后方有名的一条山脉，也是晋南抗日斗争的发源地。中国军队的几个师就在这条山脉的山上和山谷里作战，日军根本无力打败和赶走它们。

日军这些企图都是徒劳的，仅举最近一个例子就足以说明问题：日军占领了黄河北岸，企图切断中国军队与补给基地的通道。但是中国军队反过来又把日军的这个支队与其主力部队分割成两段。日军这个支队在黄河岸边面临饿死的威胁。中国军队事先把日军撤退路上的一切都破坏掉，很轻松地把这支部队打跑了。

现在日军强行军撤向铁道线，面对着四面是高山，又被追击，不得不一路上把几天来在黄河岸边村子里抢的东西全部扔掉。

在战争期间，这样的例子有上百个。去年，日军一万多人占领一个不大的城市。他们在那儿立刻被包围，很快就断粮，弹药也快用光。几架飞机向城市飞来，中国军队看到日军飞机在城市上空盘旋，就铺上床单，在床单上画一个红圈。飞机看到这个符号之后，开始大批大批地向中国军队这儿投放挂着降落伞的箱子。中国军队在这些箱子里边发现一袋袋大米、香烟、罐头、一捆一捆现金。第二天早上，几架飞机又飞来，再次送来了礼物。

这种局面共持续了十八天。被包围的日军不断地饿死，而包围日军的中国军队欢迎着日军飞机定期向用油漆粗略画的床单那儿投放食品和弹药。在第十九天，令中国军队大失所望，这次日军飞机投下的不是平常礼物，而是货真价实的炸弹。为了搭救在城中被困日军，出动了主力部队。中国军队的一支小部队把空投礼品包装好，几乎没有伤亡地退回到山里。在城内，一万名日军活下来的只有四千人，而且这些人都濒临饿死边缘。

日军后方的居民都时刻提防着日军来犯。所有基本食品储备都藏在很远的山里。农民们从事着和平的劳动，只服从中央政府部门的领导，帮助中国军队。敌人来袭的警报一响，大小村庄、县城一撤而空，所有人都进山，在那儿躲藏到日军离开为止。

这次也是这样。从山上朝我们迎面走来凑在一起的几个农民家庭。他们在往家赶。很多田地里已经有农民在干活了，个头很矮的耕牛拉着犁，翻耕肥沃的农田。

看着村子里这和平的景象，很难想象，铧犁所翻耕的正是敌人刚刚践踏过的土地，而我们所走的这条路上也清晰可见深深的、湿漉漉的沟痕，这是日军大炮压出的辙印。

第十五章　沿着山路

我们走在一条狭窄的马路上。只有在战争中才能看到这样的景象：城市里没有居民；这座半被摧毁的城市一派凄凉；到处空荡得令人毛骨悚然。这一切都使每个参观过的人难以忘却。马蹄子在石板路面撞击出的清脆响声传进每一座空房子敞开的窗子和大门。

居民中有的人返回家了，女人们坐在院子中央一捆东西上，六神无主地看着自己被烧、被毁的住房，不知道从哪儿下手来收拾清理。小商贩们在空荡荡的路口已经摆上摊儿，放上很少几样商品：几盒落满灰尘的香烟、一对小梳子、一面小镜子、一小盒铁制衣扣。他们坐在小凳子上，仔细地端详着我们。

我们把车开到城墙外停下来，想同在自家田地里休息的农民们聊一聊。他们向我们倾诉了自己无路可走的窘况。这次日军来，粮食刚好收割和脱粒完毕，还未来得及运进山里。连同物品，日军手里能拿多少就拿走了多少。有的农民把东西埋藏起来。日军把凡是随身带不走的东西全部一把火烧掉。

"如果政府不救济我们，那我们就等着挨饿了……"他们说。

一个农民说最后几句话时，声音颤抖，眼里含着泪花。

日军在所有村子里都留下一堆堆烧掉的贫农粮食的灰烬。我们顺着日军部队撤离的路线走，在每一个村子都能看到农民的惨状。

谢公村几乎被全部烧毁。六十岁的陈强琛一个人留下来没有进山。他坐在一堆烧过的砖头上，讲述说，有六个日本兵闯进他家。他躺在草席上，假装有病、装聋。他被拖下来，用枪托把他推进院子里，朝他吼叫，询问着什么。他一概都回答说，我不明白。日军搜遍屋子，把粮食抢走了。有一个士兵走时还踢了老头一脚。老头走出家门，看见邻居家的房子都着火了。当周围都没什么动静时，他知道日军已经走了。

老头讲述了日军士兵外观的样子：他们都衣衫褴褛，很多人光着脚，军官穿得稍好一些。

年轻的农民陈金在撤离时病着，走了几里路后，他就实在无力再走，躺在了一条壕沟里。日军士兵找到他，把他带进村子，从头到脚搜个遍。一个穿着日本军服的中国汉奸审问他。一般情况下，日军都询问农民和被俘的士兵，他们憎恨的八路军在哪里，刺探被俘人员是不是八路军，用撇开的两个手指——大拇指和食指，象征着中文的八字，来回扭动让你看。

陈金遭到日军毒打，他们用指甲抠他，用绳子捆住手腕把他吊起来，用刺刀扎他。日军撤离也把他带上了，在一个地方休息时，把他扔到一个坑里，撤退匆忙，干脆把他忘了。农民从山里返回时，找到了他，把他带回村。

他说话很慢，声音很低，呆滞无神的目光盯着四周。土灰色皮肤包着鼓起的颅骨。他的手指甲已经劈开，手已变形，他一直没有放下，交叉端在齐胸的高度，保持着当时用绳子捆他时的姿势。

一个高个瘦老头走到我跟前说："我们走！"

他沿着烧毁村子的马路走了好半天，在一堆还在冒烟的废墟旁停下来说："我让你看看，看看我的命……"

我跟着他弯腰进了一间窑洞。在黑暗的墙角，一个老太太坐在床板上。她双目失明。满是皱纹像纸一样薄的皮肤垂在赤裸裸的躯体上。一个年轻农妇给她梳理稀疏的一绺白发。老太太总想说点什么，低声地呻吟着，软弱无力地摆动干瘪的手。

老头说，这是我母亲，她八十岁了，世上我再没有别的亲人了。为了不让日本人把她害死，我四次背她进山。而这次我把庄稼都收割完了，收获的粮食够我们娘俩吃一年。我把粮食放在家里，背着母亲进山。看，这就是日本人给我留下的。他蹲下来，用双手扒拉着一小堆黑乎乎烧焦的粮食。我就是这个命啊，他小声地重复着，不看任何人，用撕破的袖子擦拭着激愤纵横的老泪。

在这个村子里，除了那个饱受日军折磨的陈金外，我们没有见到一个兵役年龄的人。所有年轻人都参军打日本人去了。

日本人日益确信，群众性恐怖正在导致相反结果。人民的潜力用之不竭，他们能动员起自己的全部力量进行斗争。年轻人都参军、参加游击队，其他人全部帮助士兵和游击队员。在这一地区作战的一个师的师长对我说："我们在这山区可以战斗二十年。农民向我们供应全部必需品，从提供吃的到提供关于日军整个调动和计划非常详细的情报。如果一个农民那儿粮食不够卖给我们，那他就去日军占领的城市里购买，然后给我们运来。不久前有过这样一件事：中央拨给我们师的经费在路上耽搁了。农民知道后，给我们拉来了比需要多一倍的面粉，并且说他们对欠的债放心。"

　　我们沿着狭窄的小路往山里走得越来越远，停留住宿既有大村庄，也有小村子，经常一会儿登上高高的山梁，一会儿又下到寒冷潮湿的山谷。

　　山西省这一地区农民的生活非常贫困。生活的条件就是住房、衣服、吃的，处于赤贫边缘。这里自然环境恶劣。农民们要克服巨大困难才能在山上开出一小块儿几乎垂直的平地。这里的文化水平很低，这是因为缺乏便利的交通、距文化中心和铁道线相距较远。你在农民家里随便看一眼五斗橱，回忆一下自己这一趟走过的路，你就会想到，这要费多大的艰辛才能把这个东西弄到山里来！

　　尽管如此，在大村庄的小商店里，仍然可以买到棉布、火柴、铅笔、剃须刀、香烟、盐、纸、蜡烛。这些东西都是从日军占领下位于铁道线上的城市运来的。这些商品都来自天津和北平。

　　在日军占领的城市里，商店充斥着日本货，但中国百姓不顾最残暴的强迫措施，就是不买日货，不管它多便宜。成吨的商品在日本商人的地板上腐烂。

　　有一次，我见过一个农民在村子里买长袜子的情景。这个人仔细察看了一家中国公司厂家商标后说，这是日本产的袜子，这是个冒牌货。卖家发誓并叫来几个过路人来作证人。大多数证人闻了闻商品，确认说是中国货，但是这个农民还是不相信地摇摇头，到另一位卖主那儿买了一双长袜。这双袜子他绝对相信是中国生产的。

　　山西农民的贫穷和文化水平低与他们高度的政治觉悟正好有机结合了。这不是空话，这是残酷的、不屈不挠斗争的现实情况。

　　路非常难走。我们平均每天走60—80里。算起来，在我们离开黄河岸边的头四天里，我们只走了120公里。骑马走更累人，大部分路程我是步行过来的。我们从清晨走到黄昏。傍晚快到最近一个村子时，我们几乎是拖着双腿在走。全凭一定要保持自己体力的这种意识，我才不得已吞下一小碗米饭。我们一般走不少于两三个小时才休息一次，没有走过一公里平坦路。整个行程都是在大山里，沿着狭窄的石头小道行进。

护卫战士呈链锁队形走在我们这一队人马的前头和后头。他们都配有毛瑟手枪和手榴弹。在休息时，他们千方百计尽力照顾我，给我挑更干净、更遮阴的地方休息，准备的饭菜更可口一些。我对这种照料提出反对，但护卫队长总是摆摆手。

他说："司令命令我们这一路不要让客人太累。我们对这样的跋山涉水已经习以为常。我在司令面前用脑袋来担保您的健康和安全。"

夜里，蚊帐可以挡住蚊子，但是挡不住其他那些不会飞的昆虫。几乎每天早上我都要在小河里洗自己的内衣和在马德里买的那件军便服，还有褪色的轻棉布裤子。晚上，在躺下睡觉之前，我都要细细检查摄影机，擦拭各个部件，弹掉镜头上的灰尘。每天不少于一个小时详细记录所拍摄的资料，写日记。

我完全是被叫醒的。几匹骡子已经驮上东西。我迅速吃一碗黏稠未放盐的米饭，就着一个用油炸过的白面馒头喝了一缸子茶。

青年画家韩乐然[①]赶上了我们并加入我们的队伍。我与他是在重庆认识的，他给我看过自己拍的很精彩的几本相册。他现在要长途跋涉去日军后方的湖北、察哈尔、山西等省。军事委员会政治部给他的任务是考察军队和游击队的政治处在民众中开展政治工作的情况。

---

① 韩乐然（1898—1947），朝鲜族，1923 年加入中国共产党，曾在苏联、法国学习绘画，有"中国毕加索"美誉，1937 年回国参加抗战，1947 年因飞机失事遇难，新中国成立后被追任革命烈士。——译者注

他在巴黎接受的艺术教育，法语说得很好。在巴黎，他摆脱了穷学生的处境，成为一个著名的、公认的画家。报纸评价他是一位"天才的中国人"。他在巴黎举办过两次个人画展，经常参加当代绘画的大型沙龙。他收入颇丰。但是中日战争爆发，他放弃一切，回到祖国。

他骑着一头白色小毛驴，始终形影不离的忠贞伴侣"徕卡"照相机挎在肩上。我们用奇怪的语言：英语、法语、汉语掺着使用进行交谈。我坚持不懈地、几乎每天都学习中文，我已经掌握了一些日常用语。中文难学的恐惧被严重夸大了。当然，书写极为复杂。但是，任何一种语言，尽管它不是通用的，与其他很多语言不相似，只要有愿望，是可以掌握的。

晚上，坐在蜡烛光下写日记、记录拍摄的资料时，我想了很多，想到将来回到家后要编辑一部电影，要写一本书。

我们在大山里继续行进。有时山岩就在我们身边，寒气逼人。小路下面就是万丈深渊。上坡和下坡都很陡。马小心翼翼地用蹄子在石阶上试探着前行。

迎面走来一队队刚入伍的新兵。他们都是从周围农村里招募来的。有一些人完全是孩子，也就十四五岁的样子。

伤员用担架抬着在大山里来回来去。这里到黄河有六天路程。在黄河对岸有医院。很多人由于失血过多在半路上就死了。在这样的条件下，一个人可能因一点小伤就死掉。医疗服务是中国军队最薄弱的环节，尤其在这里，在山区。

山顶上有一座废弃的小庙。在荫凉处的石头上坐着一位年迈老头。他用一只年久发乌且有裂纹的小碗请我们喝热水。人们告诉他说我是俄罗斯人。

"俄国人？"他有些不信地问道。

"是。"我说。

"到你们国家有多少里路？你是来帮助我们的？"他问道。

我做了回答并问老头他的家在哪里，他现在做什么。

他说："日本人杀死了我一个儿子，折磨死了我女儿。我现在老了，没法报仇。我一辈子都画神仙，给佛像上色。"

"您学过绘画？"我问道。

他说："没有，从来没学过任何东西。但是我一拿起毛笔，我的手就随着发自内心对佛的信仰而动。现在我太老太老啦，但我相信，赶走日本人的那一刻很快会到来，我还要活到那个时候。俄国人，你是怎么想的？"

在一个叫山洞聂坊小村子的村口，站着两个小男孩，肩上背着缠有红布条的钢刀。一个小孩的个子稍高一点儿，另一个稍矮点儿。一个名叫苏常丹，另一个叫高学良。

"孩子们，你们在这干什么呢？"我问道。

"抓汉奸！"小高自豪地说。

这两个孩子都是学生，被抽调过来帮助农民自卫军。

"那你们怎么抓汉奸呢？"我问他们。

"这很简单……"他们回答。

两个孩子对我们的进一步追问摆了摆手，迎面朝一个骑着毛驴的农民走去。他们威风凛凛地打一个手势让农民停住，出示证件。

这个农民温柔地笑了起来，没有叫停毛驴，继续往前走。

"站住！"小高用颤抖的哭腔喊叫起来。

但是这个农民客气地挥了挥手，在拐弯处消失得无影无踪。

我转过身背朝着孩子们，认真地看着一口木棺材上写的字，装作什么也没看见、什么也没听见的样子……可是五分钟之后，孩子们在另一个过路人身上挽回了面子。这是个老头，他用颤抖的手好半天才解开内有通行证的一个小包。

孩子们宽容地放过了这个紧张不已的老头，朝我这边抛过来一个胜利者的眼神儿。

走了七天之后，我们听见大山里隆隆的炮声，日军第 20 师团开始进攻了。

第十六章 "小庙"之战

　　七月五日夜至六日凌晨，日军转入进攻。在我们过夜的师司令部里，一整夜都能听见大炮轰鸣。距我们这个小村子几公里的地方正进行着战斗。

　　日军用重兵分九路进攻。[①] 在地图上可以看到，九个红箭头所汇合的终点就在晋南的中心地带，全线进攻同时开始。在我们这一地段，日军稍有滞后。

　　由第20、108、109、14、10师团集结的6万多名日军大规模地夜行军，扑向晋南的中心。这次行动的任务是，摆脱掉积极活跃的中国军队，把他们的几个师从山西境内赶到黄河南岸，全部占领黄河北

---

　　① 即1939年7月初到8月下旬日军分九路对晋冀豫，特别是晋东南抗日根据地进行的第二次大规模"扫荡"，其目的是侵占、摧毁晋东南抗日根据地。——译者注

山西省晋南地区山洞聂坊村的小学生，他们帮助农民自卫军站岗

日军飞机白天在空无一人的黄河岸上空盘旋，但是到了夜里，部队、货物、弹药源源不断运到对岸的山西省

中国正规部队成建制的军、师在山西省山区作战

岸，包围并消灭八路军，接着再凭借牢固控制的据点，解除在日军后方积极作战的中国军队四个师的武装，然后这几个日军师团一同占领西安，然后……

但是，为什么在地图上放置这九个红箭头的军人表情镇定，甚至面带笑容呢？难道他们对日军如此规模的进攻不害怕吗？

这就是问题所在，他们不害怕！

过去有过规模更大的行动。去年（1938年）三月，日军出动重兵向山西省腹地推进。中国军队让开道路，给日军留出沿着公路的一条狭窄通道。日军宣布行动圆满完成，便打道回府，仅在几个点留下警备队据守。但是，他们在返回时被八路军部队全部包围，每前进一步，每过一道山梁，在每一个山谷都遭到八路军有力打击。日军被打散成一股股小部队，损失几千人，结束了这次行动。

就在今年春天，日军从安邑开始"扫荡后方"。最后从这次"扫荡"回来的只有二百名士兵。他们从中国军队在山里将其包围的沉重打击中奇迹般地逃了出来。去年四月日军在晋南地区进行大规模讨伐，他们分兵五路进攻，企图包围和消灭活动在自己后方的中国军队。讨伐最终彻底破产。接下来在去年六月，中国军队几乎全歼了同样抱着扫荡自己后方目的而出动的大量日军。

日军一整年都没再敢用重兵把中国军队从山西省赶走。这次进攻重复了过去的做法，所不同的是，日军投入的兵力更多，显然，他们注意到，与去年相比，在日军后方的中国军队扩充到五个整编战斗师。

在这些军事行动中，中国军队的战术没有改变：放日军进山，然后开始各个击破，包围、切断其与基地的联系，缴获和消灭运送弹药、食品的交通工具……

我们在天亮时出发。迎面涌来望不到尽头的难民人流。男人们用木扁担挑着捆成一包一包的东西。女人们走得筋疲力尽，艰难地挪动缠足的双脚。小孩由大人抱在手里或坐在用扁担挑着的筐里。大一点的孩子光着屁股，赤脚走着碎步，有的扯着母亲衣角或者抓着毛驴、母牛尾巴行走。

在一些小村子里，在大院子的树荫底下逃难人们短暂休息，而这些村子的居民在做着离开的准备。农民们磨碾着最后一部分粮食，把它们一点一点装进麻袋里。他们相互替换，用力压推磨盘上的木杠转着圈走。磨盘不停地发出吱吱扭扭的凄惨声音。这动静比雷声还响，跟炮声差不多。

只一个夜晚，途经这个村子的人数就有一万五千多。他们要在山里走好长时间，无家可归，睡在山岩缝里，靠吃捕获的动物维持生活，想尽量使肩上背的储备食品用得时间更长些。

人们顶着酷热的太阳走，累得摇摇晃晃，把满是伤口的双脚伸进山涧小溪冰凉的水里。他们知道很快就会回到自己的村庄，但是现在必须离开。在空无一人的村庄里，等待着的是痛苦折磨后的死亡，是敌人因为人们不愿白白交出土地而进行的报复。这一切连同座座大山，已经远在身后了。

这片土地是用多少泪水和劳动汗水浇灌出来的，它贫瘠，在它开垦出一块儿地的中央，一座座高高的土包耸立着，这是父辈们的坟墓。这是故乡的土地。但是现在必须跟它告别，必须离开它……

村民们抬着伤员。

在一根长杆子上吊着一个用树枝、绳子和稻草扎成的担架。伤兵们一个个脸色灰青，轻声地呻吟着。从紧急包扎的伤口中还流着一滴滴鲜血。抬伤员的村民也是难民。他们在离前线不远的地方把自己的零星东西放在一边，抬起伤兵去后方。他们要把伤员抬到村子里，再冒着敌人的枪林弹雨返回去拿上自己的东西。伤兵们从担架上看着这些抬他们的人，默默地表达感激之情。

我们越来越靠近中国军队防守的前线。我们沿着一条狭窄的山路走。这条路时而下到沟底，时而上到高坡。我们的右边是一座高山，山顶上有一座石塔。那里是日军的一个瞭望点，配有两门大炮。在这个塔的周边地带无处可藏。顺着小路挖出一条很深的堑壕用于向前方运送弹药、食品和水。但是现在堑壕里不能走人，昨天下了雨，壕里一片稀泥。

我们早就走过了一个团的指挥所。日军一直不停地开炮。炮弹就在我们旁边爆炸。二千名日军向一个高地展开进攻，中国一个连的战士在那守着。日军在六门野战炮和二门重炮掩护下两次企图强攻高地，但两次冲锋都被步枪和机枪强大的火力打退。

日军向中国防守前线一块不大的空地上倾泻一千多发炮弹，但是中国士兵没有后退一步，而且损失很小。战士们都给自己修了很好很深的掩体、坚固的避弹所，能有效保护战士们免受敌人炮弹的伤害。这些掩体都在夜里修筑，白天就藏在里面。战士们做好了经受敌人最猛烈攻击的准备。

连长在距一个小庙不远处从厚厚的窗子里观察战斗情况。从这里可以看到整个战场和日军的全部阵地。在坡形山岗凸出部分的后面是战壕，在击退日军冲锋之后，有二百名战士待在这些战壕里。同他们保持联系就靠一部电话。刚刚从那边打来电话说："如果日军不出动飞机，我们就能守住！"

战士们从昨天起就没喝到水。早上冒了很大风险给战士们弄来一些吃的——用小米熬的粥（小米是类似于麦子一样的粮食）。四名士兵自告奋勇冒着炮火来到战士们跟前，带来这粥。其中两个人负伤。战士们得到小米粥，没有水，吃粥就像吃面包干一样。伤员只能夜里从这里送出。

有时也有安静的时候。日军的大炮哑然无声，步枪开始胡乱地射击。中国军队战壕那边也不时用机枪阵阵扫射。在这个时候，可以更仔细地观察整个周围地形。山地在这里就到头了，展现出一片大平原，一直到天边，向西延伸到铁道线。离这里十五公里有一座县城叫翼城，是日军此次进攻的大本营据点。

黄色的平原上，呈现出一个一个的小黑块儿，这是人已走光的村子。直到现在，在战斗最激烈的当口，最后一拨难民在日军眼皮底下还在往外撤离。从这里的高处可以清楚地看到他们。在日军火力射程之外，他们顺着沟壑和深深的凹地迈着走山路的步子向前移动。

日军的炮弹对着"小庙"（中文的意思是很小的寺庙）不停地猛炸。用望远镜能看到日军阵地，能清晰地看到几个炮兵连和大炮开火的场面。在公路旁的几棵大树下停着近 20 辆运货卡车和 2 辆小轿车。

"您看，就在大村子的右边，见鬼了，还有大炮！"连长大声说道。

在一片树林旁边，日军安了两门大炮。

日军派了增援部队。近三百人的日军部队沿着公路从一个村子穿行到另一个村子。另一小队有五十人，已经沿着小路进山。中国的阵地上加强了步枪和机关枪的火力。日军小队散开，继续抄近道前进。

"哎，要有炮火支援我们一下就好了，也不用太多，我们一定会狠狠教训一下他们！"连长说。

日军飞机出现了，是 4 架侦察机。它们就在我们头上盘旋。突然发动机的轰鸣声消失，一架飞机俯冲下来。它在俯冲时投下几枚炸弹，然后发动机再次咆哮起来，飞机飞到别处爬高，把这一块儿地方让给另一架飞机，这架飞机重复了刚才那架飞机的把戏。

连长每隔几分钟就抓起阵地电话，提出几个问题，然后挂上话筒。

"打得很好。炸弹造成的损失是：3 名阵亡，4 名负伤，就是没水喝！"连长说。

他有时把头贴在窗子的土墙上，瞬间就睡着了。他24岁，两天两夜未睡觉使他疲惫不堪，脸色蜡黄，很浅的皱纹上挂着一层灰。听到爆炸声他都没哆嗦一下，只是慢慢地睁开双眼，操起望远镜或拿起电话筒。

"这几块高地我们要坚守到傍晚，要让他们能够离开这儿。"连长说，并用手指着沟壑里的难民。

中国军队在这场战役中运用了自己成熟的战术。现在前方部队牵制住敌人，掩护老百姓撤离，重新配置自己主力部队力量。等这一切都完成后，就给日军放开进山的狭窄大门。在目前这个地方，日军距离铁路、公路很近，运送吃的、弹药、大炮都方便。一旦他们失去这些便利条件，进到山谷以后，一路上村子里既没有活物，也没有粮食，而中国人沿着并行的山路尾随他们，监视其一举一动，无情地一股一股消灭他们。

在日军后方作战的第83师师长与我告别时，赠送我一面写满中文字的日本旗。这是日军一个大队旗子。中国战士在一个村子里包围了脱离自己大本营的日军一支部队，缴获这面旗子。战斗进行了两昼夜，最后全歼这股日军。抓获了一些俘虏，缴获很多战利品。在这些战利品中有整整几大包日军的文件、士兵的书信、日记。师长连同旗子一道给了我一小包日记本。

师长说："他们已经厌战。过去经常说日本士兵有韧劲，现在他们很难承受住困苦了。他们唯一的愿望就是结束这场战争，返回祖国。所有的俘虏都说到这一点。如果您认真看完这些日记，您可能会对此深信不疑。"

这就是那些日记记录和未发回祖国的信件摘抄。

高砂部队（福尔摩斯旅）列兵硲本的信。信是发到纪保场的。

在前线我们处处都遇到极大困难。来到中国之后，我觉得在另一个国家可以看到令人惊叹、很有趣的东西。但事实上，我们一点没看到诸如此类的东西。我们的周围炮弹遍地，我们的头上子弹呼啸，它们像雨点一样洒落在我们头上。我们从头到脚全是泥。真是不想活了！这啥时是个头哇？

我很久没有给您写信了。祝愿您身体健康。非常感谢您那么热情欢送我。从那之后已经过去好多天，好几个月，我们现在在异国土地上。有时我们能吃到东西，有时也挨饿，尽管如此，还得打仗。

我经常想念祖国。非常希望能真正像人一样哪怕休息一小会儿。但是敌人不让我们休息。他们藏在高粱地，从四面把我们包围，不给我们喘息机会。由于这个原因我才很少给您写信。

祝您万事如意。

9月1日

来自仲多度郡刈谷市忠津町的第11步兵师团列兵后藤，在日记中写道：

9月5日。炎热天气已经持续几天，无法入睡。昨天夜里突然感到很冷。头疼。天气变化无常。如果睡在地上，容易感冒和生病。

非常想喝葡萄酒，但这里既没有葡萄酒，也没有啤酒。想喝泉水，但是没有，甚至连普通水都没有。脑子里浮想联翩，眼睛里常含泪水。如果我们国内的人能理解打仗条件下的困难，那就好了！

战争的条件艰苦，战争的尽头看不到，日军士兵士气极为低落。几乎在所有的日记和信件中都充斥着思念祖国悲戚的苦闷，自己必遭灭亡的意识，以及怕死。

士兵佐藤在写给东京母亲的信中说：

亲爱的妈妈、姐姐、弟弟、侄子们：

我又一次来到战场的第一线。我给你们写这最后一封信，想在死之前与你们告别。我想，孩子应该出生了，要给他起个名字。将要结束生命，与心爱妻子和那些可爱的地方诀别，我非常难受。活着的每一天对我来说，都是意想不到的幸福。我死之后，生的如果是男孩，就让他叫一太郎，如果生个女孩，就取一姬的名字。

永别了，亲爱的……

士兵们在很多信里都描述日军对中国老百姓的残忍：

有一次我们在罗涧① 这个地方进了一家民宅。房子周围的高粱地里发现敌人。我们把敌人彻底赶跑之后，士兵们把房子里住的人都拖出来打死了。这时我在想，如果敌人到了日本，也对我们的家庭如此对待，那怎么办？

列兵玖村在日记中写道：

16 日。我们占领了罗涧以南 30 公里的村庄曹家寨。我们在这里看见了近 250 具女人的尸体。在杨家村，士兵们抓住两名中国女大学生，她们非常像奸细，当场就把她们枪毙了。

游击队穿着日军军服，藏着枪。很难分辨谁是军人谁是农民。当我们让他们交出武器时，农民们说没有，而当我们烧农民家的房子时，四处枪声大作。

驻守晋南的日本兵谷谷（没有写哪个部队）在日记中写道：

12 月 2 日，没有一天安安稳稳。人们说在战争时期就应该这样。今天又来命令，又要出发。

战争如何发展，我不清楚，有消息说，我们已经打胜了，很快就回国。人们说，要把我们集中到太原，然后就送回国。

石家庄这儿吃不到东西。今天一整天就吃些米饭和盐。非常想念祖国。

12 月 19 日

---

① 罗涧位于山西省临汾市霍州市境内。——译者注

听说 1 月 20 日要把我们集中到天津，我们快回国了。我无法控制自己不想家，尽管我是个军人。

12 月 28 日

又听说，要把我们与第六补充大队一道送回国。

日军纪律松弛，下面这些日军秘密命令和"告日军书"足以说明问题。

这是由日军总部陆军部参谋长签发的"告军人书"的一段：

"尽管我们也不愿意相信得到的情报，说近期来纪律状况堪忧的消息与日俱增，但是，军中令人不安的现象越来越多。尽管过错可能是一个人的，但是它破坏了全军的战斗精神价值，个别部队的错误认识损害了全军大事。

"……必须把那些动辄表现出擅自妄为和制造紧张局势的人控制起来。这些措施应该保证全体人员的团结和稳定，以使他们丝毫不能损害皇军的威望。"

"告全体官兵书"中这样写道：

"随着时间推移，由于长时间远离祖国，渐渐出现士气低落的一些迹象，初期高昂的情绪快速地消失。存在着不能准确迅速执行命令的倾向，经常发生对平民进行抢劫和肆意妄为的情况，以及醉酒和其他损害我军荣誉的行为。

"这会造成中国老百姓和在华外国人对我军蔑视和仇恨的气氛。对我们来说，在我们需要转入计划行动、为发动毫无觉悟的民众反对共产党影响而创造先决条件的目前时刻，这会起到巨大作用。因此，我们的官兵一定要表现出最起码的谨慎和觉悟。

"现在，随着战争拖延，会有新的部队到来和组建。必须严格监督，以避免在新来的部队中再出现上述情况。

"很多不久前上过前线期待尽快回国的士兵对自己的职责已经开始不热心和勤勉了。

207

"这种对持久战争本质的轻视态度会把我军所做的一切努力化为乌有，会为我们今后的前景蒙上阴影。"

所有的俘虏都谈到一点：厌倦战争，想念祖国，思念家人。

俘虏们积极提供关于日军和部队驻防的情报。这些情报大多数都准确。俘虏们个个穿着破烂、疲惫不堪，给人留下悲惨可怜的印象。

第十七章 "绝密文件"

日本宣传机构动用所有手段——广播、报纸、传单，把对华战争描绘成凯旋游行，隐瞒了日军所遭受的惨败和无法克服的困难。日军在中国到处散发数以千计的宣传小册子和告示。

看，这本小书摆在了我面前。它印数不多，上面用大黑体字写着"绝密"字样就充分表明了这一点。

这本小册子是日军最高指挥机构在东京印发的，名叫《对华战争指南》，第15章的题目是"中国军队惯用的手法"。这本小册子是在山西被打死的一个日军军官战地挎包中发现的。第83师师长把这本小册子的原件连同其他一些文件作为礼品赠送给我。

这本绝密级小册子正如书皮背面上标示的那样，发至大队长级（营级）以上指挥人员，其中的每一章都揭示出日军指挥当局面对中国强大的游击运动完全束手无策。这本小册子是军事专家写的，用语简明准确，跟那些类似传单、宣传画、漫画、广播等长篇大论的胜利总结报告完全不同！在这本小册子中，对日本占领军面临的所有困难，对日军无力扑灭人民游击运动写得一清二楚。

这份材料表述得如此清晰和直白，所以我决定把其中的一章，即"游击战方法"几乎一字不漏地抄录如下：

基本特点

在过去一系列战争中（普鲁士战争、奥地利战争、七年战争①、美国南北战争、不久前的意大利—阿比西尼亚战争），均运用过游击战战术。我们的邻国中国和苏联很早就卓有成效地运用游击战。

在俄国，游击战在十七世纪就已发挥过重大作用。例如，彼得一世在"北方战争"中就切断了敌人后方的交通线。在"七年战争"中，出现了一支称为"游击队"的队伍，这支队伍对敌人后方使用恐怖手段，摧毁仓库、拦截和抢劫交通工具，迫使敌人改变自己最初制订的计划，甚至后退。1812 年在俄国，广泛开展的游击运动促使拿破仑遭到惨败。在日俄战争中，米先科②的队伍企图在日军后方制造混乱。革命之后，红军也广泛运用游击战方法。

中国很早就运用这种战争方法，它成为消灭强敌的唯一方法。在"孙子"和"吴子"的书中对此写了很多。

满洲事变爆发之后，中国组织了游击队进行抵抗。八路军是游击战的主要发源地，山西的正规部队也运用游击战术。在华

---

① 七年战争指发生在 1756 年至 1763 年由欧洲列强为争夺国际霸权而爆发的战争，以英国、普鲁士为首的一方对抗以法国、奥地利、俄国为首的另一方，最后英、普一方战胜。这场战争造成一百多万人死亡。该战争的特点是"攻城战""对城镇纵火""大规模野战"。——译者注

② 巴维尔·伊万诺维奇·米先科（1853—1918），沙俄将军，参加 1904—1905 年在中国东北进行的日俄战争，率一个旅在辽宁省一线专门组织破坏日军后方设施和交通线。——译者注

北，组建了华北游击军事委员会。在华中出现了新四军。中国的游击战术建立在经验和长期研究基础之上。中国游击队的战术建立在我军战术和战斗力的基础之上，建立在利用我军弱点、研究我军优势基础之上。游击队同我军占领所有地方的老百姓一道开展游击战。敌人用游击战的方式，主要是通过攻击交通线和铁路手段，使我们遭受重大损失。

敌人散布流言说，日军越进入中国纵深，中国军队就越有把握获取胜利。我们对此不能熟视无睹。

即使中央政府的兵力耗尽，共产党和其他各方的军队也会继续开展游击战。

我们应当立即制定对付游击运动的战略。我们任何时候都不会放弃自己的战术和战略。但是，为了战胜敌人的游击战术，将这场战争进行到底，我们应当运用什么样的战术呢？

在分析我们胜利开展对华战争中获胜的个别事例时，也会有我军遭受惨败的很多沉重回忆。我们应当考虑这一点。不能让中国军队张扬他们取得了哪些胜利。

这些说法会消耗我们的心血，给我国人民的智慧泼冷水。

主要任务

消灭游击战的领导人和摧毁游击队的基地。

拟定消灭反日分子的区域，切断他们与基地的联系，用宣传力量和人道态度来扑灭反日情绪。

掌握所有游击队的情况。派遣侦探，收买农民。但要注意监视收买的线人不要成为有反日情绪的敌人间谍。游击队在我军占领地区积极开展活动。他们的活动区域很大，组织民众参加游击战。游击队以及他们开展的政治工作遍布各个地区。游击队员经常变换驻地，使我们无法在很短时间里把他们消灭。因此，需要把游击队与基地一个一个地孤立起来，切断联系，消灭反日分子。一方面要施以怀柔，另一方面要予以消灭。

要持之以恒地研究敌人特点和常用战术。

对民众施以怀柔。中央政府对民众的反日教育非常普及，并已深深扎根。因此，我军应该立即传播日本思想，解释圣战意义。那些遭受失利部队就是常常忘记怀柔民众的必要性。他们的所作所为不仅成为敌人搞宣传的材料，而且在民众中加剧反日情绪。这对我们的军事行动和政治工作产生重大影响。这些行为损害了皇军的威望，抵消了这次战争的伟大意义，给我们的胜利泼了脏水。各部队军官应该对此严格监督，要为士兵做表率。应当运用我们胜利的事实怀柔中国人民。

游击队活动无处不在。我们有很多战斗力强、敢打大仗的警备队①，但是它们未能积极地去打游击队，同游击队作战时，应付差事。特别要关注远离后方各据点的防守。

首先要开展按地区肃清游击队员的工作，接着要巩固主要交通线，然后给各据点配置少部分力量用于长期防守。

警备队经常犯的错误如下：

1）各部队驻扎分散，而将其集中则费时费力；

2）不关心与后方联系，因此常常出现供给困难；

3）经常在那些危险、远离后方的地区部署兵力过少；

4）在铁路沿线，特别是山区的一些据点要集中主要兵力；

5）在选择司令部的位置时，要注意的不是司令部工作人员是否方便，而是驻地对长官和进行通讯联系是否合适。

在派遣一支部队去距离很远的地方时，要充分考虑自身的力量，注意挑选指挥官，携带轻便电台、弹药、食品。

---

① 警备队为日军侵华期间负责防守所占城镇的部队，一般由日军和大量伪军组成。——译者注

警备部队应当掌握在消灭敌人战斗中行动快速、果断、勇敢的技能。不能让游击队巩固据点和阵地，组织群众。

我们应该尽力消灭所有敌人，干掉领导人，打击和削弱战斗力量，决不能满足于敌人后撤。

游击队犹如苍蝇，如果不把他们一个不留地全部消灭，而仅仅赶跑，他们还会继续骚扰。因此，我们不应该把敌人遭受小规模伤亡而撤退视为我方胜利，而应该把敌人彻底全部歼灭，摧毁游击队基地，抓获指挥员，缴获枪支弹药。

突然袭击战术非常奏效。根据以往经验，我们知道，敌人往往事先得知我们的行动计划。因此，这样的行动都不会有大的斩获。

敌人有极为庞大的侦察网，一刻不停地监视我军行动和意图。我们尚未开始实施军事行动，敌人就已经得知并采取反措施。

在实施消灭敌人的行动中要找出当土匪的人。很难区分游击队员，他们都穿着农民衣服。不能不加甄别地杀害所有人，这将成为我们工作中一大障碍。要对所有人进行仔细检查。农民手掌上始终有老茧子，而士兵的手掌上则没有。

要使用专门类型武器（催泪弹等），其在歼敌战斗中非常奏效。

所有各部队，不管规模如何，是大部队还是小部队，都应该勇敢坚决地追击敌人。因此，要关注部队的组织、装备和训练。

在大规模战斗中，要有足够的兵力用于长时间远距离追击或者投入二次战斗。

中国军队常说，"如果后撤几里地，日军就不敢继续追击。"在追击敌人时，我们常遇到很大困难：兵力不足、给养跟不上。要节省基本储备，收集和使用敌人扔下的枪支。应当随身携带维修被毁道路的工具。

当我军在战斗结束后休息时，敌人常常发动游击式进攻。在游击战中，不能把所有兵力都集中在前沿阵地。敌人往往向我们后方派出大部队破坏道路，并以此威胁我军。

袭击并破坏交通线、据点、机场、车站、仓库等，是游击战的目的。因此，要跟踪并掌握敌人意图，警告他们，采用伪装行动蒙蔽敌人。

在占领藏有游击队员的村庄后，要仔细搜查和检查。

重要交通和铁路据点的警备部队应该修筑防止游击队袭击的坚固防御设施。部队指挥官应该亲自指挥这项工作。

为对付游击队，修筑石头和水泥防守设施具有相当重要意义。

我们的警备部队尽管兵力很少，应当毫不犹豫地参加歼敌战斗。但是，最近一个时期来，警备部队不愿意作战，担心与后方的联系，等等。要投入重兵参战，歼灭敌人。

为保卫铁路，除警备部队外，要使用装甲火车、装甲汽车，并与铁路军事部门保持联系。

夜晚，要特别认真保护铁路和通信线路。

在游击队积极活动地区，要减少兵站数量，并缩短相互之间距离。

兵站应该设在安全地区，观测站则应该建在山上。要加强对它们的守卫。例如，我们在采育镇附近和在邯郸至长治公路上就蒙受重大损失。

兵站的职责是保障运输部队。因此，警备部队不仅要关心自身安全，还要保护和掩护运输部队。

在空军支援下，保卫运输部队的成绩突出。例如，在河北省辽城①附近战斗中，运输队被游击队包围在黎城②附近，飞机赶

---

① 现在的河北省涉县辽城乡。——译者注

② 黎城为与涉县相邻的山西省的一个县，抗战期间八路军黄崖洞兵工厂在该县境内。——译者注

来支援，俯冲并用机枪扫射，我们的车队冲出包围。

运输部队负责运送保障物品，它们只有在地区扫荡战斗结束后才能行动。

危险地区的运输应当在空军和警备部队支援下进行。

运输队的行动和方案应当保密。因此，应避免泄露其行动时间。

运输队若要前往兵站交通线或者危险地区，必须先派出部队警戒，然后在部队掩护下，才能开始行动。如果兵力不足，运输队要一边参战，一边运输。

警备部队要走在运输队前面和殿后警卫对象。敌人经常利用地形，在我们运输队通过之时发起进攻。因此，部队之间距离不能过大。不能失掉通讯联系，否则，将遭受重大损失。

只靠警备部队保护运输队和抗击游击队全无可能。因此，要协同作战，消灭敌人。

运输队要像作战部队一样装备精良。

武器

机械化部队要配有装甲车。

运输队要配备重机枪、轻机枪、榴弹筒、手榴弹等等。要熟练掌握武器。

使用催泪弹进行自卫取得很大成绩，要随身携带。

为与受保护部队进行联系，要配置电话。

用鸽子和警犬进行联系的做法很奏效。

运输队应当时刻保持戒备状态，防备敌人突然袭击。

在穿越危险地区时，要格外小心，要与装甲车和汽车一道行进，要利用那些有人担保的农民。

如果被包围，我们应当尽一切可能突围。例如，在黎城附近我们的运输队就尽力突围，同时，我军一架飞机向敌人展开打击。

运输队队长要有固定位置，同领导保持联系。如果非本部队的小股部队或者军事人员与运输队同行，则要提醒他们一旦遇上敌人，他们应该干什么，他们的位置在哪儿。

例如，在梨花寨（音译）附近，敌人向我们机械化部队发起攻击。几个坐在车里的搭车军官四处乱跑，警备部队的士兵也跟着他们跑。这支部队最后被歼灭。

在遇到敌人时，运输队队长不要惊慌失措，而要尽力从侧翼和背后打击敌人。这极为奏效。例如，在太原至汾阳之间，第80机械化大队打退了敌人。在童赵家村（音译）附近，第16师团第90运输队也打退了敌人。

在遇到强敌时，警备部队应当占领村庄，全力击退敌人。

读过这份文件，你会亲眼看到，日军占领中国整个地区和整个省究竟是什么货色，日军以这样牺牲代价在手里控制着一条条据点防线，它们之间的联系只能借助装甲车、飞机、大炮、号称"运输队"的整个特种部队才得以维持。

当把这一切信息传递到东京时，人们不能不对"心在化作灰烬、理智正在结冰"这样的表述深信不疑。

这是活生生的事实。

第十八章　山西深山里的宝藏

　　日军遭到中国军队顽强抗击，用正面打击已无法突破防线，开始从左翼进攻。他们向那边投入 20 辆坦克和一个炮兵连。中国战士们服从团长发出的坚守"小庙"附近高地到黄昏的命令，又延长抗击整整一夜，直到现在，天已破晓，他们还没有撤退。

　　日军投入兵力从左翼攻击中国军队，未必就想包围这个师。他们也估计到无法实现这样荒诞计划。

　　迂回进攻只能摧毁中国军队在"小庙"中心地带的抵抗，但是，即使借助于侧翼进攻，日军仍无法实现快速突破，无法摧毁战士们在那一小块英雄土地上进行的抗击。战士们已经连续 18 个小时冒着炮火打退数量超过己方 10 倍敌人的进攻。敌机也飞过来轰炸，用机枪向中国阵地扫射，但这都无济于事。

　　这一天是 7 月 7 日。这个光荣师的战士们在这些高地上用英勇顽强的保卫战来纪念这场战争爆发的日子，纪念中国人民武装抵抗两周年。

日军指挥机关牢牢记住了这个师的番号。从战争爆发第一天，从卢沟桥挑衅"事件"的第一声枪响，这个师就踏上两年斗争的战斗历程。

该师与日军进行过几十次战斗，战果累累。所有人都记得1937年秋天在山西那场最激烈的战斗。这个师当时与装备有坦克和一百多门大炮的日军第5师团交手。官兵们不记得有比这更惨烈的战斗，它持续了20昼夜。他们说，连地都被血泡得黏糊糊的。他们为争夺每一个村庄、每一个山岗进行厮杀。战士们脱下外衣，手里拿着一个装有汽油的瓶子和一盒火柴，赤膊扑向日军坦克，把汽油倒进炮口，并将其点燃。八路军当时在后方打击敌人。日军这个师团超过三分之二被歼灭，中国军队缴获几十辆坦克。

关于这个师与日军第20师团展开的激战，正如被打死的一个日军士兵在日记中写的，"我们第一次遇到这样的强敌"。

尽管日军在左翼击溃中国一个营，但是战斗仍在那里进行。日军一直没有放弃挺进该师后方的企图，相反，该师已经到了日军后方。这个中国师正在跳出包围圈，以便再次进入后方，进入对它畅通无阻的山区。

这是一些军、师展开游击战最活跃的区域。这是围困与反围困的斗争，是生死存亡的斗争。这场斗争折射出阴谋与力量、勇敢与坚韧。正是在这里的山区诞生并运用着游击战战略。

敌人有飞机、大炮。这里有坚韧精神、惊人耐力、对敌人的刻骨仇恨、充满必胜的信念。

突破防线直接给日军空军传递了信号。一群群飞机气势汹汹地扑向山区，对所有村庄、所有山梁甚至一片片树林逐个轰炸。它们甚至疯狂猛烈攻击行进中的难民。在我们撤出之后，有十二架飞机飞到师司令部所在的村子。村里已经空无一人。整个村子被炸弹夷为平地。

与战士们一道撤走的还有大批难民。我们沿着一条宽阔河谷行进。路上瞬间空无一人。人们有的紧贴着山岩，有的卧在壕沟里，有的坐在树荫下。我们顶着中午烈日费力走了一路后，在一片树林里休息了 15 分钟。还没走上一公里，从壕沟里就看见一架飞机，它两次向树林俯冲，投下四枚炸弹。同我们一起在树林休息的有两户农民家庭，其中有老头和孩子。我们把他们落在哪儿了……

近傍晚时，左翼的战斗也渐渐停了下来。要连夜继续赶路，不能停留，要到大山深处去。

深夜的大山里伸手不见五指。由毛驴、马匹、人群组成的长队沿着狭窄山路缓缓向前移动。黑暗中不时闪出抽烟和手电筒的小光亮。在下陡坡时，几匹马都战战兢兢地触摸着一块块凸出的小土包，它们的蹄子在万丈深渊的顶上滑动着，在石头上不时磕出一点火星。这时驾驭马已经毫无意义，完全依靠它的嗅觉。将近半夜时，天上露出一弯黄色残月。现在，借助昏暗的月光看到，一个个深渊真是令人毛骨悚然。

天亮时，开始爬一道漫长高坡，它通向山岭最高点，那里有新修的一道道防线。这条高坡一路沿着高山河床，顺着十分陡峭的石阶，上头悬着巨石，常年湿气濛濛。看样子，它一眼望不到头。日军即使把所有皇军兵力都调遣过来，也闯不过去这些山谷！

部队撤出后，在新的山地防线构筑防御工事。他们占领了几块高地，从而控制了公路穿过的这一片地带，日军部队正是要通过这条公路行进。现在，这几块高地成为正规部队开展游击战赖以依靠的根据地。

日军在这个方向实现的突破付出了几千士兵伤亡的代价。在路上，他们遇到了出乎预料的困难：河水泛滥。由此，日军部队不得不分头行动。这样更便于一股一股地歼灭他们。夜里，农民们告知师司令部说，由于河水上涨，有近二千名日军进驻孔空城村（音译）。这天夜里，一支中国部队冲进这个村子，消灭了日军。

日军在所有九个方向往前推进时，遭到了顽强抵抗，到处损失惨重。在占领几条公路和几座县城后，日军在这次行动的第一阶段里为"胜利"付出高昂代价：根据中国军令部尚不完全的数据，日军在进攻的第一阶段总共损失近九千名士兵。

日军为了包围八路军，自己却陷入重围……八路军给了他们以有力抗击，打退从榆社出动的日军，并继续实施毁灭性打击。

包围八路军！用中国军队形象的比喻说，包围八路军比捆住双手、潜入混浊的黄河中用牙齿抓鱼还难。

在岩石峭壁上贴着一张纸，上面印着告示：

八路军得到抗击日军的命令。为了民族生存，在中央政府领导下，我们将把日本人从我国土地上赶出去。我们将捍卫自己的国家，收回失去的领土。统一战线的口号就是拯救民族的口号。

我军有铁的纪律，我们严禁欺负百姓，买卖公平。

八路军保护中国人民，严惩奸细和汉奸。

我们号召全体人民担起为拯救民族而斗争的责任。

我们一定能取得解放战争的胜利！

我们将共同欢庆和平！

八路军总司令　朱　德

八路军副总司令　彭德怀

7 月 16 日

日军的进攻使我无法前往八路军驻地。八路军一直向晋北打。与朱德的司令部联系不上。在结束 40 天的山路之行后，我要向南，向黄河岸边前进。

翻越一座高山，我们便重新向下走直奔黄河。积聚的雷雨乌云终于爆发，一阵暴风骤雨瞬间而至。这是大雷雨。阳光又照耀在金光闪闪、大雨洗涤过的绿野，照耀在激流中的每一滴水珠，而激流发出的欢快、高亢轰鸣声在山中四处回响。

从这里，站在伟大的黄河岸边，我向这座座高山投去告别的目光。在这群山的脚下埋藏着数不尽的宝藏。多少世纪以来，山西的矿藏——煤、铁养活着无往不胜的中国人民。但是，山西群山里最主要的宝藏，是人的高洁善良。

今天就要过去，晚霞正在来临。这将是终生难忘一天的晚霞。太阳渐渐落山，它最后一缕光芒刺透翻滚的乌云。而在东方，如同清晨一样，在蔚蓝天空下，在绿色的群山顶上，飘荡着白雪般的片片云彩，云边闪烁着金色的光焰。

我觉得，今天的夜不会再来了，晚霞过后，新一天的早晨已经开始。

第十九章　再见了，中国

我结束在华北为期四个月的考察后，启程返回重庆。沿着四省山区和沙漠高原的颠沛流离结束了。

我随身带回拍摄的三千米长胶片。日记里写满对所见所闻、对人的善良、苦难、勇敢、坚毅、高尚等形成的最新鲜印象。

北方几省的平原早已留在身后，我们重新钻进四川的酷热和潮湿里。正是收割水稻季节。成千上万小块儿稻田像古希腊的半圆形剧场一样散落在山坡上，令人目不暇接。农民们顶着烈日，冒着酷热的雾气在田地里收割。

人们赤身裸体，皮肤呈咖啡色，个个瘦骨嶙峋，由于出汗和空气潮湿，他们的身体发着亮光。稻田里的水还没有渗干，这更加重了湿气。一个人深弯着腰，一只手抓着一把秸杆，另一只手拿着镰刀连穗一起割下。他走到一个木桶前，用稻穗抽打木桶沿儿，将粮食从秸杆上打掉在木桶里。然后拿着镰刀再去割一把新的。

当一个农民家庭结束自己田地里的收割，就把几筐稻谷背回家里。这是几个月辛苦劳动的成果。农民们要把大部分稻谷交给他们承租土地的地主。我们有时在公路行驶时看见，沿着隔离稻田间的小路，两个脚夫抬着一顶滑竿，上面有帆布遮篷，遮篷下面是一把竹子做的躺椅，椅子上坐着一个身穿丝袍的老头，一个富有的地主，或者坐着他的妻子。

早上，长江最大支流嘉陵江的两岸笼罩着浓雾。在无波如镜的江面上，第一缕阳光透过浓雾散发出无数个晶莹亮点。在小镇的旁边，江上密密麻麻挤满穷人居住的篷船。随着太阳升起，这里的生活也开始了。篷船上空升起薄薄的烟雾，在船尾一个很小的火盆里已经点起了火，光着屁股的孩子们跑到岸上。

在高高的江岸上，从雾中依稀能看到一座古塔的轮廓。在嘉陵江拐弯处很远的地方，开过来一艘很大的运输篷船，有 30 名纤夫腰缠纤绳沿着江岸拽着船前行。

在我们所途经的村庄里，青年们正进行着军事训练。行驶在公路上已感觉到距首都越来越近了。很多卡车和小车迎面驶来。我们在黄包车中间慢慢地拐弯抹角地行进。过郊区之后，我们驶进了重庆的大街。

报纸报道了关于日军飞机对重庆数次空袭、关于五月几次轰炸造成重大损失的消息。我们行驶在都邮街上。现在过了弯道口，铺着沥青的中央大街就该出现了。这里有多层的楼房、商店、影院。大街上满是行人，转过弯，一只脚踩下刹车。这简直令人难以置信：大街上黄包车串来串去，行人走来走去……但是街道没了。沥青带成了平地，过去壮观的高楼，现在成为一堆堆碎石，只在某个地方还矗立着残墙断壁。

日本人几乎把半个重庆夷为平地。

回国的一天临近了。最近与中国朋友举行了一系列聚会，他们都是记者、电影摄影师、作家、军人。他们请我向那个伟大友好的国家转达问候，他们都充满着继续斗争、把自己全部力量贡献给祖国解放事业的决心。他们正制定待国家从敌人手里解放出来之后的创作和建设工作实施方案。

重庆开始了中秋节庆祝活动。日军现在对首都实施夜间空袭。

半夜，警报声把人们都赶进在石崖上凿出的防空洞。日军飞机从汉口机场向这边飞来。这是一次长距离空中飞行，因此，在空袭警报发出后，要有很长时间折磨人的等待。

在重庆市一个高岗上，苏联大使馆那面红旗迎风飘扬。白天，当你乘飞机飞抵重庆时，远远就能看到这面旗帜。站在大使馆阳台上远眺，重庆市一览无余。城市现在一片漆黑，静静地等待着袭击。又圆又大的月亮把那苍白的月光照射在一座座山岗上，照耀着蜿蜒在这里的整个城市。笼罩着一层薄雾的长江在这儿急转直下。

寂静中卡车行进的轰鸣声传遍全城，警察的吆喝声依稀可闻，远处传来零星枪响，头上好像有什么令人可怕的东西在盯着你飞来飞去，这是蝙蝠。

城市已经三天没得安宁。几千人在潮湿的防空洞里坐了三夜。那里没地方转身，惊慌的人们几乎一个叠一个地躺着，带着孩子和老人，他们默默耐心地坚持着。差不多所有居民都保障有防空洞避难。但是谁也不清楚早上是否还能找到自家的房子，或者房子没了，留下一片冒烟的废墟。

轰炸机大队的发动机声轰轰地响了起来。现在还看不见这些飞机。探照灯在天空中搜索。当第一架飞机进入探照灯的光线时，高射机枪连续开火射击。枪声与轰炸机投下第一波炸弹的爆炸声交织在一起。

日军这次是轰炸郊区，目标是几个工业企业。高射机枪停止射击，歼击机投入了战斗。轰炸在继续，现在，伴随着爆炸声的是机枪连续扫射的哒哒声。在满天星斗的空中，曳光弹组成的一道道光线既长且直。这些光线呈蜘蛛网状，覆盖空战的区域。

日军在轰炸机四周施放浓浓的火光烟幕。中国军队的战斗机已经开始掌握夜间空战技术。漆黑天空中突然爆出一团火球，它如同彗星一样，向地面飞去。在起火轰炸机堕落的山岗后面，燃起明亮的火光。然而头上仍然轰鸣不断。敌人的轰炸机对城市新一轮的轰炸正在进行当中。

这是我在重庆度过的最后一个夜晚。

早上，中国航空公司的客机在长江沙洲上空飞了好长时间后，朝市中心相反方向升高。飞机在城市上空低空绕了一圈，从飞机上可以看到夜间轰炸的后果，在郊区的废墟仍然冒着烟。昨夜日军空袭也付出惨重代价，他们损失了三架轰炸机，都是被中国空军战斗机击落的。

飞机缓慢地升高。我们的前方就是一道道高高的山梁。四川的丘陵、半圆剧场形状的稻田在机翼下渐行渐远，湮没在酷热的空中烟雾里。

明天就是我在华工作整整一周年的日子。现在，坐在椅子上，望着飞逝而过的一道道丘陵，望着前方一座座雪山非常清晰的轮廓，我一直在思考着这个国家，慢慢地梳理我所做的工作：跨越 11 个省，走了二万五千公里，拍摄了十公里长的胶片。

在我近年来所有电影拍摄中，这次拍摄最为艰难和复杂。战争在这个陌生国家广袤大地上延伸，在拍摄的同时，要研究这个国家，研究它的风俗习惯、斗争方法，预测事态的发展，学习它拗口、不易掌握的语言。

飞机在疾飞，我的思绪已远超过它，跨过高高山梁上还白雪皑皑的山顶，飞向边防哨所那间灰色的小屋，飞向莫斯科河边花岗石铺就的沿河大街。此时此刻，不能不令人心潮澎湃……

飞机在中国几个小城市的机场做了短暂停留。草原的风把滚滚黄尘刮进机场。在一些大汽油桶旁边站着一个中国哨兵。当我们离开这些城市时，飞机在机场上空盘旋一周，我趴在机舱玻璃窗前，眺望像一条条线一样热闹的街道。在乡间土道上单轮黄包车在飞奔。然后，城市渐渐地远去，消失在空中烟雾里。群山又出现了，还有山上的石头和灰色的云层。

过了一会儿往下看，在云团空隙之间，闪出细细的一条长带。

中国长城！

现在远望着长城，我明白了，正是应该把这部关于中国的电影取名为"长城"。这个电影不去展示绵延几千公里一堆一堆的青砖。长城没能保护和保卫这个伟大的民族免遭屈辱和贫困，免遭殖民者大批军队的入侵，免遭高利贷者的剥削，免遭奸商买卖活人，免遭冒险家的恣意妄为，免遭武装强盗的肆虐。

现在，全体中国人民站起来了，把自己的力量团结在一起。几千万人肩并肩地组成长城，为自己子孙的未来、为生命权、为独立生存而展开斗争。

弯弯曲曲的中国长城早已经从视野中消失。再过几个小时，飞机将降落在苏联的土地上。从驾驶室向前看，一望无际的浅蓝色远方已展现出来。驾驶员把一只手向前伸着。在深深的河谷里，我看见一条河像一节薄薄的银带，我还看见一座灰色的小房子。

飞机慢慢地摆动着两个翅膀，向苏联边防军表示致意，向等待已久的我的祖国送去问候。

1938 年 9 月—1939 年 9 月。

本书 1941 年 3 月 10 日付印，预订购书 2157 册，印数 10000 册。定价：8 卢布 50 戈比。

附　录

卡尔曼生平简介

罗曼·卡尔曼在苏联及现在的俄罗斯享有极高声誉，被称为纪录片电影经典大师，同时，也是享有世界声誉的电影摄影师。按苏联和俄罗斯对他的肯定和评价，他头上的光环和桂冠共有：电影导演、电影摄影家、纪实电影艺术家、战地摄影家、记者、电影编剧、作家、摄影家、教育家、评论家。在 1966 年他 60 岁生日时被授予苏联人民演员称号；1976 年 70 岁生日时，荣获苏联社会主义劳动英雄称号。他 1978 年逝世后被安葬在莫斯科著名的新圣女公墓。

罗曼·卡尔曼 1906 年 11 月 26 日出生于俄罗斯帝国赫尔松省敖德萨市（今属乌克兰）一个知识分子家庭。他父亲拉扎尔·奥西波维奇·卡尔曼是一位作家和记者。按家庭的姓氏判断，卡尔曼一家是犹太人，俄方出版的俄罗斯犹太人大辞典把他们父子均列入其中。卡尔曼出生后，全家搬到彼得堡文人集中住宅区居住。他父亲当初小有名气，因此，与很多作家过从甚密，与高尔基熟悉，尤其与俄国著名作家库普林是好友。十月革命后，他父亲回到敖德萨，在布尔什维克办

227

的一家报纸和红军政治部做宣传工作。1918年俄国内战爆发，敖德萨被白卫军攻陷，他父亲失业，在街上卖报纸，而后因在红军中的经历被捕入狱，受尽折磨，出狱两个月后因结核病加重于1920年春天去世。父亲去世后，卡尔曼曾先后卖过报纸、在苏俄海军的车库中打过下手。靠他父亲发表作品获得的稿费，全家于1922年搬到莫斯科，卡尔曼在一家当铺当办事员。其母亲则在刚成立的苏联《星火》杂志找到工作，遂介绍卡尔曼也到该杂志应聘。凭借过去用父亲早年给他买的一部相机经常拍照的功底，被杂志社录取，开始了摄影的职业生涯。他1923年在《星火》杂志开始发表摄影作品，曾先后在《星火》《探照灯》《苏联摄影》杂志社工作，曾拍摄列宁逝世追悼会活动等重大事件。卡尔曼后来由摄影转为摄像，在30年代初已在业内享有知名度。这期间他接受正规高等教育，于1932年毕业于国家电影学院摄影系，进入苏联新闻电影制片厂，他的正式工作履历由此开始。

1936年西班牙内战爆发，卡尔曼给斯大林写信，要求派其去西班牙，获批准。由于苏联与西班牙未建立外交关系，他飞赴巴黎，在西班牙驻法国大使馆获得签证后直飞马德里。当时苏联派出大批军事顾问和战斗人员、坦克、战斗机等支持西班牙共和政府军。卡尔曼在西班牙内战前线做了大量战地报道，所拍摄的影片要往返巴黎传回莫斯科，工作近两年后于1937年8月回国，荣获一枚"红星勋章"。

1938年9月至1939年9月卡尔曼在华工作一年。（见本书）

1941年6月22日苏联伟大卫国战争爆发，卡尔曼3天之后便应征入伍，任苏军西北方面军摄影师兼电影摄影组组长，先后拍摄了莫斯科保卫战、列宁格勒保卫战、斯大林格勒保卫战。应苏联新闻局安排，他还兼任美联社的军事记者。此后他拍摄过1945年5月8日德国法西斯无条件投降、1946年6月10日纽伦堡法庭开庭等历史性场面。

战后，他积极拍摄和报道苏联恢复战争创伤和开展社会主义建设。他的视野始终没有离开国际斗争大舞台。1954 年 5 月 16 日卡尔曼受命前往越南拍摄胡志明及越南革命武装力量的抗法斗争。1959年古巴革命胜利之后，他又于 1960 年前往古巴拍摄。此外，他还先后到过缅甸、印度、印度尼西亚、南非拍摄。

1960 年后，卡尔曼在全苏电影学院任教，任新闻电影导演教研室主任、教授。

1977 年根据苏联与美国方面达成的协议，苏美要联合制作一部多集纪录影片"伟大卫国战争"，卡尔曼担任这部规模空前纪录片的艺术负责人和导演。为了准备这部影片，卡尔曼带领一班人马总共审看了三千万米长的原始纪录片胶片，从中剪辑共 17 个小时的片段。苏美双方为素材的取舍争执不下，双方最后于 1977 年 4 月签订协议。由于劳累过度，未等这部 20 集的纪录片在苏联和美国首演，卡尔曼便于 1978 年 4 月 28 日突发心肌梗死逝世。

卡尔曼于 1939 年加入联共（布），1965 年任苏联电影家理事会书记。

卡尔曼有过三次婚姻，他与第一任妻子玛丽娜·雅罗斯拉夫斯卡娅（1915—2003）于 20 世纪 30 年代初结婚。妻子是位雕塑家，妻子的父亲 E·雅罗斯拉夫斯基是老布尔什维克，曾任联共（布）中央书记、联共（布）中央反宗教委员会主席（1943 年去世）。二人生有一子也叫罗曼·卡尔曼（1933—2013），是位电影导演、摄影师。与第二任妻子生的儿子亚历山大·卡尔曼（1941—2013）为莫斯科国际关系学院教师，写有一本回忆其父亲的书《罗曼·卡尔曼的无名战争》。

卡尔曼一生工作成绩斐然，创作成果丰硕。他共拍摄和制作了 88 部纪录片（已上映发行），导演了 63 部纪实电影，编写了 25 部纪实片电影剧本，撰写并出版了 14 本书。

卡尔曼 1939 年离开中国回到苏联后，先在苏联的有关杂志上发表了中国之行的见闻和思考，尔后于 1941 年 5 月底 6 月初出版了

《在华一年》一书（苏联作家出版社出版）。书出版后很快爆发了苏联伟大卫国战争，故此书未能广泛流传和引起各方关注。他还根据在中国拍摄的影像素材，制作了"战斗中的中国"（1939 年）、"中国特区"（即陕甘宁边区，1939 年）、"在中国"（1941 年）。

新中国成立后，卡尔曼于 1954 年 6 月赴越南拍摄时途经北京，也有的材料说他与荷兰纪录片摄影大师伊文思来过中国。其他有关他与华交往的材料所见不多，将进一步挖掘和研究。

卡尔曼作为苏联新闻纪实电影大师，去世后，苏联政府将乌克兰共和国敖德萨市的一条大街命名为罗曼·卡尔曼大街，1980 年在他于 1970—1978 年间居住在莫斯科的楼房墙上立了带有他头像的纪念铜牌。2004 年，卡尔曼的后代和战友成立了一个"卡尔曼地区慈善社会基金会"。从他去世至今，他写过的书籍以及关于回忆和纪念他的文章、书籍、影像资料一直源源不断地出版和发行。

（译者撰文）

《新华日报》1939 年 8 月 28 日文章
"毛泽东会见记"①

卡尔曼

陆竟成　译

所有这些日子我没有遇见过毛泽东，但是在会见他的所有的地方，——在大学，在学校，儿童保育院，在每一个场所，都感觉到这个天才的组织者的精神，他的名字从感人的热情里熟悉于所有的地

---

① 在将该文收入本书时，为了保持文章原貌，只做个别字和标点校正。——译者注

方。去年延安到了数千新的学生他们无处可住，他召集了这些学生并且发表了清楚地、尖锐地、有趣地演讲："建造窑洞是把握马克思主义的第一步"，于是很快地在北门外形成了新的延安。

去会毛时，从这个城通过。跟着鲁迅艺术学院和抗大，日前又在大山上开办了一个中国女子大学，从各地到延安来的数千女孩子和成年妇女在那里受着教育。两次越过宽的河，爬着山，一个哨兵把我们引到一个窑洞去，这窑洞和延安学生青年们所住的窑洞毫无分别。

毛带着微笑从写字台后面站起来打着招呼。这便是他居住、劳动、思想的地方。有写字桌、床，都是粗木制造的有书架和藤椅，他疲倦了便倚靠在椅子上闭目休息一会儿。毛的屋子里的简单设备是清洁而整齐。在书的壳子上用糨糊贴着端正的附录，这里收集着唯物论哲学伟大创始者的著作，卓越的军事策略的翻译作品，许多科学的书籍，在书架上，马克思、恩格斯、列宁、斯大林的书籍特别多。一本斯大林的书开着和许多手写的稿子一起放在桌子当中。

毛泽东这名字的光辉对于人们的心，像传说似的故事中那种勇敢、不屈的意志、英雄主义和极度单纯，他穿着兵士的单上装，线袜外面穿着一双防水鞋（胶鞋）。现在是晚上，从第一颗星出现，才开始他的劳动，毛从夜晚到第二天早上都劳动着，睡到吃午饭的时候。

"夜——他微笑着说——（笑得那样的安静）是太静极了。"

他最后询问关于我在中国的工作，我在延安可以看见些什么和在延安可以拍摄些什么，他开始研究谈话的对方，就在这个时候，收了他那光辉的微笑，友谊的愉快的明亮的眼睛在寻求什么。

在中日战争开始以前，毛泽东已分析过日本武装势力向中国侵略的可能，民族解放战争的大概情形，日本在战争中的困难，日本需要很大的力量来保卫它自己的交通和从中国的游击战与正规战来保卫它所掠夺的城市。

毛底有名的公式——游击战争的战术——说起来便是："敌进我

退，敌驻我扰，敌疲我打，敌退我追。"日本的军事家认为毛泽东是最光辉的中国式的战略家。

我提出关于解放战争的进步，关于民族统一阵线的问题。

"日本，"——毛说："想进攻华南，马来群岛并建一个从新加坡到西伯利亚的统一国家，许多人都认为日本纵然遇到了困难，他们仍然留着这个观念，我认为日本全部的力量都将用在这个目的上面，企图使国民政府失败压倒抗日的阵线，以加强南方各岛屿并移向北方，至西伯利亚。目前国际情形是这样，面对着德意日法西斯侵略战争的联合阵线，英美法等国虽然采取抵抗日本在中国侵略的态度，但他们都很少帮助中国，而且选择一条与日本妥协的道路，西班牙曾经是一个'民主国家'的牺牲品，但是中国不是西班牙。纵然英法希望牺牲中国，中国人民不同意这个，中国是广大的国家，出卖是不容易的。

"在这样的国际环境之中中国要巩固民族统一战线，巩固自己军事的组织力量，支持持久的战争到底。最大多数的中国人民完全决定支持战争到最后的胜利。仅有一少部分人站在与日本妥协的立场，这些人进行反对抗日的中央政府的斗争，反对统一阵线，现在正进行着一切中国人民与这一小部分人的斗争，倘若我们不能战胜这些人，就难以战胜日本。"

"但是中国人民，"毛继续说："包括共产党、国民党及其他党派的进步分子，主张斗争到最后的胜利。发动对日抗战之后，党用了许多力量反对妥协派保守分子，他们破坏中国人民团结，反对抗日的团体，反对共产党，反对八路军。汪派分子出卖中国利益，出卖自己的同胞，因此要争取最后胜利，我们应当打击这些坏分子。共产党的任务是一方面抗战到底同时并与各党的先进分子与全国人民一起进行不妥协的联合斗争，反对卖国的汪派。"

"共产党，"——毛往下说："无论何时都没有害怕困难，我们的党为中国人民的解放斗争已经进行了十年以上，而中共是在工作与斗争中锻炼起来的。中国人民表示他们自己的意志，战胜敌人，因此我们的抗战的前途是光明的。"

毛谈到卑鄙的从事破坏工作的中国人民的公敌——托派，他们用全力瓦解中国人民的团结和减弱中国人民的军队战斗力。托派侦探和暗杀者特别活动于华北，他们的活动是直接受日本军阀的指使，在八路军的某师里，不久以前逮捕了上海托派分子尤适（译音），日本从上海把他派来，是为了在陆军中做侦察和捣乱的工作。

托派在日本势力和金钱帮助之下直接的工作便是在河北中部成立的"游击队"，这个"游击队"他们加上"八路军第二支队"的名义，这个支队的两个分队曾于今年三月间发生武装捣乱。第八路军包围了这般土匪并解除他们的武装。

托派分子潜入到边区，利用一切手段，挑拨国共间的摩擦，破坏八路军与边区人民和学生，他们进行鼓动反对统一阵线，反对中央政府，反对抗战，反对蒋委员长。

在边区所有的托派分子常常被农民自卫队抓住，自卫队跟汉奸和日本侦探不断进行着斗争。

毛关于西班牙，关于共和军队的指挥问了许多，我们的翻译萧爱梅努力地在翻译中间传述着毛的光辉的句子，通俗的大众的谈吐，简明的用语，他爱开玩笑，爱引用孔夫子。他会快乐地大笑，当我告诉他，昨天在儿童团的一个晚上碰见了两个小孩子在打架；一个六岁小孩子去调解他们，并且向他们喊："中国人不打中国人。"

他谈到飞机，关于盲目飞行，关于北方海道，关于现代技术进步的程度，关于从苏联到美洲的航空线，关于空中和海上战争，他懂得大量的知识，老是微笑着，谈着他自己新鲜的意见。

当他谈到斯大林同志时，他表现怎样的真诚热情呵！

我们一直到晚上，一点钟才分手，他和他的妻子一并出来送我。他停下了，他很爱这个星夜的天空。

"我们把战争结束。"他静静地说……

"我们到你那里去，毛同志。"隐没在黑暗中的穿着抗大制服的孩子插进来这样说。在他的背后还有几个人。

"你叫我们来的。"

"到我那里去吧，同志们，我现在回去了。"毛说。

他没有继续说那关于星的话，关于战争结束后将怎样，我们分别了。

我听过他在抗大对学生的讲演，他讲演关于战争的辩证法，他讲得很平和，直率地温柔地注视着安静的听众，听众以发光的眼睛注视着他讲话，他坐在板凳的旁边，很少站起来用手势，手臂放在桌子上。他的演讲充满了明了的例子，大众的语言，格言。常常地他引起了全体听众的哈哈大笑，在他的听众笑过之后，他自己才开始微笑。他讲话爱用分段的方法：第一、第二、第三……每段的末尾都要来一个总结，用明确的定义作为结束。

在演讲告终时，他静静地站起来，不慌不忙的，在如雷的掌声里，他扣好他那单薄的兵士上装的扣子。

（译自七月八日　《消息报》）

萧三：忆苏联电影摄影师卡尔曼在延安的日子
（1960 年 8 月）

这是二十一年以前的事了。1939 年 5 月我才从苏联回到祖国不久。延安已经是春末夏初，气候温暖的日子。14 日夜，组织部大礼堂内正开晚会，由鲁迅艺术学院演出《冀东起义》三幕话剧。我们坐在长条凳上准备看戏的时候，罗曼·卡尔曼进来了。

卡尔曼是苏联著名的电影摄影师，我与他彼此听闻已很久了，只是没有机会见面。他今天刚由重庆来到这里，是乘坐小汽车，带了翻译，远道跋涉而来的。我们相见后都很高兴，像久别重逢的朋友，互相亲切地问候，他带有些出乎意料的口吻说："埃弥萧，原来你在这里！……本想回莫斯科去的时候一定要认识认识你，谁知道今天在这里见面了！"我们拥抱了。他激动地说："来中国八个月了，到延安才感到舒服、自由，什么话都可以说啦！"这种心情是完全可以理解的：卡尔曼自1938年10月来到武汉，怀着满腔热情要向全世界人民报道中国人民伟大的抗日民族解放战争，拍摄有关抗战的新闻纪录影片。来延安之前的八个月中，他一直在国民党反动政府派来的一个青年副官的"陪伴同行"下，从武汉到长沙、衡阳和广西桂林等地，摄取他需要的影片素材，曾经受到国民党反动政府的种种阻挠。然而卡尔曼却清楚地知道，要真实而全面地反映中国抗战史实，就必须表现中国最先进的地区，表现共产党领导的抗日根据地和抗战最坚决的八路军，因此他突破种种封锁，终于来到延安，实现了他的愿望，感到无比欢欣、新鲜和自由！

我们坐下来看戏，我为他翻译着剧情。看完第二幕，我们走出来，坐上他的小汽车（那时小汽车在延安还是很少见的），先把我送回北门外的"鲁艺"院部，然后他开车回南门外的交际科去了。他住在那。自这天起，我们开始了友谊的交往。

怀着苏联人民对中国抗战的友谊关怀和支持，不顾一切困难来到延安的卡尔曼，立即受到延安各界热情地欢迎。

5月17日，我们在鲁艺招待了卡尔曼，就近叫一些饭菜请他吃午饭。并介绍吕骥、沙可夫等同志与他相见。这是一次友好的聚会。这天，卡尔曼拍下了"鲁艺"举办展览会的情景，和校旁的古墓林、文庙以及"鲁艺"学员开荒生产的活动。

四天后的21日，这天正好是星期日。北门外王家坪的新中华报社和青年记者联合会，于下午一时又开了一个联席会欢迎卡尔曼。因为他的翻译病了，自始至终由我给他做翻译。散会后我又和卡尔曼到枣园去了一趟，那是一个风景优美的地方，有很多枣树和其他果树。

第二天的下午，延安抗日军事政治大学的副校长罗瑞卿同志请卡尔曼吃饭。这是一次别致的宴会，一切都是自办的。原来"抗大"自己搞了一个相当出色的合作社，吃食用品应有尽有，招待卡尔曼所需用的东西，都是这个合作社供应的。

对卡尔曼这一系列的欢迎招待活动，充分显示了中苏两国人民兄弟般美好深厚的友情。正是在党的关怀下和友谊的帮助下，卡尔曼在延安顺利地进行着他的访问和拍摄影片的活动。最初开始工作的那天，他先到窑洞来看我，并把我写的"毛主席略传"俄文稿拿去看，随后陪他去参观了"鲁艺"展览会。吃过中饭，我们乘车过延河，河上没有桥，河水清浅，汽车涉水而过，到桥儿沟去参加工人学校的开学典礼。这是一座过去的西班牙天主教的大教堂，里面坐满了人，校长张浩同志正在讲话，康生、王若飞等同志也都在座。卡尔曼在这里开始拍摄了一些影片。从这里回延安城来路过清凉山，"解放日报"社设在那里。我和他上去看看，山上有万佛洞，风景很美，卡尔曼又照了许多相。

我也曾陪同卡尔曼到远离延安约 40 里的拐峁地方去参观八路军军医院。他在那里拍了电影、照了相。院长苏井观同志热情地招待了我们，畅谈了许久。他是参加红军的第一个医生，早年在天津海军医学院学习毕业，参加革命时只有 21 岁，后来一直在苏区和红四军中担任医务工作。

医院的设备很齐全，有妇产、内外、五官等科，还附有一个化验室，三十间病房。有九个医生，四十个护士。

最有意思的是，在医院的九位医生中，有五个是印度人，他们都是为支援中国抗战而来我国的"援华医疗队"的成员。在他们住的窑洞前有一条通道，人们亲切地称它为"印度街"。而这五位医生，为了表示对中国人民的友好，也都在自己的原名后加个"华"字，如安得"华"、巴思"华"等。安得华是一位五十多岁的老医生，来中国之前他到过西班牙、匈牙利等许多国家。巴思华和另一个叫柯棣华的医生，都已学会说中国话。后来柯棣华与一个中国女同志结了婚，生下一个孩子取名叫"印华"。这一切，都体现着中印人民的友好关系。

卡尔曼在印度医生的窑洞里坐了许久，他们热情地攀谈着，直到下午才回到城里。

另一次较远的参观、拍摄活动，是去离延安约 20 里的安塞托儿所，由于逗留时间较长，当天夜里我们住在那儿。

通过这些参观访问，卡尔曼拍下了不少珍贵的影片素材。但他在延安的时日里，最有意义和最值得纪念的是他与中国各民族伟大领袖毛泽东主席的会见。因为正像卡尔曼在后来发表的《毛泽东会见记》一文中所提到的，虽然他到延安的初期还没能见到毛主席，但是在他参观过的所有地方，"在大学，在学校，儿童保育院，在每一个场所，都能感觉到这个天才的组织者的精神。"

5 月 25 日的晚上九点钟，卡尔曼前往杨家岭拜访毛主席，主席亲切接见了他。从九点开始谈话，直到午夜十二时卡尔曼才向主席告别。整个夜晚我为他们做翻译。

屋内充满友好、和谐的气氛，使人感到异常亲切、舒畅。主席在谈话中爱讲笑话，风趣横生，经常引起欢快的笑声。

毛主席与卡尔曼谈到了中国的抗战，对中国抗日战争的形势和前途，作了精辟的分析。因为卡尔曼曾经去过西班牙，话题自然就涉及西班牙共和军的许多事。主席向卡尔曼询问了一些问题，分析西班牙战争失败的原因之一，是不会打游击战。主席风趣地说："要是我们，就打他一万年游击，打他个落花流水！"

他们谈到苏联。毛主席对苏联的情况非常熟悉，流露着对苏联人民真诚友好的感情和关怀。他向卡尔曼提出一个富有意味的问题："假如德国飞机飞到莫斯科上空，怎么办？"

毛主席非常关心先进的科学技术。他与卡尔曼谈到了飞机，也谈到破冰船和北极的探险，以及室中和海上的战争等。主席的见闻知识非常渊博，毫无拘束地和客人畅谈。

吃晚饭时已经十一点了。主席把卡尔曼的汽车司机找来一块进餐，这位姓顾的司机感动得几乎落下泪来。事后他激动地说："共产党的领袖是这么和蔼可亲的！真没想到我能和毛主席一桌吃饭。在外地，见个官长可不容易呵！"

夜半，我们告别出来，主席亲自送客人出窑洞外。他没有立即转回身去，望望星空，然后挥手向坐上了小汽车的客人作别。

第二天，"抗大"三队请毛主席讲关于战略战术的军事辩证法。我陪卡尔曼也到了那里。报告约一小时，讲得非常有趣，生动。卡尔曼后来回忆他听这次报告的印象时写道："他的讲演充满了明了的例子，大众的语言，格言成语，常常引起全体听众哈哈大笑，在他的听众笑过之后，他自己才开始微笑。"

主席作完报告后，卡尔曼请他出来站在一个大土台上，向群众讲话，并把这一场景拍成影片。

在卡尔曼离延安前的一天，又特地到毛主席那里拍摄了主席的工作日，记录下毛主席看文件、写文章等工作情形，和主席在工作之余的散步、休息。下午卡尔曼又拍摄了毛主席和农民谈话以及在"抗大"三周年纪念大会上检阅队伍的情形。这些记录毛主席活动的影片片段，都成为极珍贵的文献资料。

6月3日，卡尔曼告别了革命圣地延安，启程前往西安，并打算从那儿到晋东南去。临行前又照了许多相片。在短短20天的时日里，他差不多摄取了延安的一切，构成中苏友好活动中的一段佳话。特别是毛泽东主席的接见，对他成为一种鼓舞的力量。后来他回忆说："我和中国人民领袖毛泽东的会见，给我留下了终生难忘的印象。"

卡尔曼回到苏联后，根据他在延安和中国各抗日主要战场所拍的素材，编辑完成了两部大型纪录片《中国在斗争中》和《在中国》。同时还写了一部《在华一年》的书籍，并因此被苏联作家协会吸收为会员。

前两年罗曼·卡尔曼到越南去拍摄影片时，曾经路过北京，可惜我没能见到他。他给我留下了几张延安时期拍摄的照片，重新唤起了我对昔日友谊的怀念！

不久前，就在列宁90岁诞辰的日子，罗曼·卡尔曼由于拍摄《里海石油工人的故事》和《海的征服者》两部影片获得了列宁奖金，报刊上登载了他的照片，我国的读者看了觉得非常亲切，我在此衷心地向他祝贺。

《电影艺术》杂志 1960 年第 8 期

责任编辑：汪　逸

封面设计：王欢欢

图书在版编目（CIP）数据

在华一年：苏联电影记者笔记（1938—1939）／（苏）罗曼·卡尔曼 著；
　李辉 译 . —北京：人民出版社，2020.8（2023.2 重印）

ISBN 978－7－01－022411－4

I.①在…　II.①卡…②李…　III.①纪实文学－苏联　IV.① I512.55

中国版本图书馆 CIP 数据核字（2020）第 151418 号

在华一年：苏联电影记者笔记（1938—1939）

ZAIHUA YINIAN SULIAN DIANYING JIZHE BIJI（1938—1939）

[苏] 罗曼·卡尔曼　著　李辉　译

人民出版社 出版发行

（100706　北京市东城区隆福寺街 99 号）

北京新华印刷有限公司印刷　新华书店经销

2020 年 8 月第 1 版　2023 年 2 月北京第 2 次印刷

开本：710 毫米 ×1000 毫米 1/16　印张：15.5　插页：2

字数：208 千字

ISBN 978－7－01－022411－4　定价：62.00 元

邮购地址 100706　北京市东城区隆福寺街 99 号

人民东方图书销售中心　电话（010）65250042　65289539

РОМАН КАРМЕН

ГОД В КИТАЕ

ИЗДАТЕЛЬСТВО «СОВЕТСКИЙ ПИСАТЕЛЬ»

МОСКВА, 1941